「上手にエスコートするのが一流の紳士だそうですよ」
鋼殻のレギオスⅦ
ホワイト・オペラ

「なにか、大きなものが……」
レイフォンがそう呟いた。
瞬間、来た。

「ここが、いまのレイフォンの……」

鋼殻のレギオス 7
ホワイト・オペラ

雨木シュウスケ

ファンタジア文庫

1365

口絵・本文イラスト　深遊

目次

登場人物紹介

●レイフォン・アルセイフ　15　♂
　主人公。第十七小隊のルーキー。グレンダンの元天剣授受者。戦い以外優柔不断。
●リーリン・マーフェス　15　♀
　レイフォンの幼馴染にして最大の理解者。故郷を去ったレイフォンの帰りを待つ。
●ニーナ・アントーク　18　♀
　新規に設立された第十七小隊の若き小隊長。レイフォンの行動が歯がゆい。
●フェリ・ロス　17　♀
　第十七小隊の念威繰者。生徒会長カリアンの妹。自身の才能を毛嫌いしている。
●シャーニッド・エリプトン　19　♂
　第十七小隊の隊員。飄々とした軽い性格ながら自分の仕事はきっちりとこなす。
●ハーレイ・サットン　18　♂
　錬金科に在籍。第十七小隊の錬金鋼のメンテナンスを担当。ニーナとは幼馴染。
●メイシェン・トリンデン　15　♀
　一般教養科の新入生。強いレイフォンにあこがれる。
●ナルキ・ゲルニ　15　♀
　武芸科の新入生。武芸の腕はかなりのもの。
●ミィフィ・ロッテン　15　♀
　一般教養科の新入生。趣味はカラオケの元気娘。
●カリアン・ロス　21　♂
　学園都市ツェルニの生徒会長。レイフォンを武芸科に転科させた張本人。
●アルシェイラ・アルモニス　??　♀
　グレンダンの女王。その力は天剣授受者を凌駕する。
●シノーラ・アレイスラ　19　♀
　グレンダンの高等研究院で錬金学を研究しているリーリンの良き友人。変人。
●ハイア・サリンバン・ライア　18　♂
　グレンダン出身者で構成されたサリンバン教導傭兵団の若き三代目団長。
●ミュンファ・ルファ　17　♀
　サリンバン教導傭兵団所属の見習い武芸者。弓使い。
●ダルシェナ・シェ・マテルナ　19　♀
　元第十小隊副隊長。美貌の武芸者。シャーニッドとの間に確執がある。
●狼面衆　??　??
　イグナシスの使徒たち。目的含め、全てが不明。

プロローグ

一歩外に出れば音が世界を支配《しはい》している。

限界《げんかい》を知らないがごとくにぶつかり合う衝撃音《しょうげきおん》。荒《あ》れ狂《くる》う風の音。

武芸者《ぶげいしゃ》たちの怒号《どごう》。

錬金鋼《ダイト》のぶつかり合う金属音《きんぞく》は不調和な協奏曲《きょうそうきょく》を聞かされているかのごとく、耳に障《さわ》る。

そこからほんのわずか、常人《じょうじん》ではそれなりに離《はな》れた距離《きょり》でも、音の中心にいる人たちからすればほんのわずかな距離の場所に自分がいる。

じっと待つだけの時間がどれだけ長いのか、リーリンは初めてそれを知ったような気がした。

それは汚染獣《おせんじゅう》に襲来《しゅうらい》されてシェルターに避難《ひなん》している時とは、また違《ちが》う。天剣授受者《てんけんじゅじゅしゃ》に守護《しゅご》されたグレンダンで命の危険《きけん》を感じることはない。早く終わらないかなと願うあの時間。無事に戻《もど》ってきてほしいと願うあの時間とはまた違う。

戦場の一歩手前にいることを実感してしまっているからこそ感じる緊張《きんちょう》が、時間の流れを遅《おそ》く感じさせた。

ここは学園都市マイアス。

すぐそばには、マイアスに接近《せっきん》しつつある都市がある。その都市の名前は……

(もうすぐ、レイフォンに会える……)

ツェルニ。レイフォンのいる学園都市。

放浪《ほうろう》バスの停留所《ていりゅうじょ》で旅立つレイフォンを見送ってから、まだ一年も経《た》っていない。それなのに、こんなにも心が痛《いた》くなるほどにその時を待ち遠しく感じているのは、なぜなのか……?

その気持を表す明確《めいかく》な言葉を、とうの昔に見つけているのだとわかっていても、言葉にするのはためらわれる。物心がついてからの十数年に決着をつけてしまうような、そんな気がするのだ。

願うならばあの日が戻《もど》ることを。

そう祈《いの》る。無駄《むだ》な行為《こうい》だということはわかっていても、そう祈ってしまう日々を送ってきた。

多少違ったとしても、養父がいて、レイフォンがいて、リーリンがいて、そして弟妹たちがいて、時に園を出ていった兄や姉たちが土産《みやげ》を持って顔を出し、その日はいつまでもリビングの明かりが消えないような、そんな毎日がまた戻ってくればいいと思ってしまう。

そう祈るからこそ、胸《むね》の中で大きく、大きく育っていく気持ちを名付けることができないでいる。

（でも……）

もうすぐ、その気持ちに、祈りに、願いになんらかの決着が迎《むか》えられることになるだろう。

ツェルニはすぐそこにあるのだ。

01　だからわたしは開かない

結局、詳《くわ》しいことは誰《だれ》も語ってくれなかった。

ニーナ・アントークの突然《とつぜん》の行方《ゆくえ》不明。そして帰還《きかん》。その間に起こっていたツェルニの暴走《ぼうそう》。

原因《げんいん》は廃貴族《はいきぞく》にある。

それはわかる。第十小隊との戦いを経験《けいけん》しているナルキには、わかってしまうことだ。ディン・ディーに取り憑《つ》いた動物のような謎《なぞ》の存在《そんざい》。サリンバン教導傭兵団《きょうどうようへいだん》の団長、ハイアはそれを廃貴族と呼《よ》んだ。

壊《こわ》れた電子精霊《せいれい》。

汚染獣《おせんじゅう》を憎悪《ぞうお》する心は、かつて自律型移動都市《レギオス》を制御《せいぎょ》するために使っていた力の全《すべ》てを、武芸者《ぶげいしゃ》を強化するために注ぐ。

狂《くる》った電子精霊。

その力を受け入れきれなかったディンはいまだ病院におり、意識《いしき》が戻ったという話は聞かない。都市を守るための強い意志《いし》を持ちながら、実力が伴《ともな》わなかった哀《かな》しい武芸者。それゆえに禁じられた劉脈加速薬に手を出し、そしてより強力な廃貴族の力を結果的に手に入れてしまった武芸者。

哀しい人だと思う。

だけど、いまならディンの気持ちが少しはわかる。

先日のツェルニの暴走で、ナルキは自分の無力さを痛感《つうかん》した。

他の人たちには汚染獣が何度も襲《おそ》いかかっていることは秘密《ひみつ》にされていた。だが、ナルキは第十七小隊に属《ぞく》し、レイフォンの異変《いへん》を見ていた。あの時のレイフォンはニーナが行方不明になったことで焦《あせ》っているだけではなかった。学校にはほとんど現《あらわ》れなくなり、たまに顔を見せれば疲《つか》れ切った顔をしていた。それを隠《かく》すだけの精神的《せいしんてき》余裕《ゆう》もなかったのだ。

戦っているんだ、とナルキは直感的に悟《さと》った。レイフォンの並《なみ》の武芸者を超越《ちょうえつ》した強さは、ニーナが行方不明になったあの時に知ることができた。

汚染獣を相手にしてもまるで怯《ひる》まない、恐《おそ》れない、その必要すらない強さを持っているはずのレイフォンが、戦っている。

疲れている。

そのことがナルキに、レイフォンが身を置いている戦いの激《はげ》しさを感じさせたのだ。

そんな中、ナルキが汚染獣と戦ったのは、生徒会長が主催した全校集会の後の、二度の戦いだ。

一つは、戦闘《せんとう》開始直前にツェルニから停止命令が来たので実際《じっさい》には戦っていない。ただその頃《ころ》、ツェルニの上空には突如《とつじょ》として人語を話す汚染獣が現れ、そして消えたという話だった。

そして二度目。ニーナが帰還した日の戦い。

あの時、ナルキができたことは成体の汚染獣の動きを一瞬《いっしゅん》止めたことだけだった。その一瞬が、あの一体を倒すために必要なことだったとわかってはいる。

だけど、ナルキにできることはそれだけしかなかったのだ。

レイフォンは、たった一人で無数の汚染獣と戦い、屠《ほふ》っていたというのに。

あの時の自分の無力感。それと同じようなものをディンはずっと前から感じていたのだろう。

少しでも自分の力を自分の目指すものに近付けるために努力を続け、研鑽《けんさん》を続け……そして剄脈加速薬に行き着いてしまったのだろう。

哀しい結末だと思う。

だからこそ、ナルキはその結末を選ぶことはできない。都市警察《けいさつ》に所属《しょぞく》し、最終的には自分の都市に戻った後も警察で働きたいと願っているからだけではない。

その結末を、その時にはなにもできなかったとしてもナルキは見届《みとど》け、そして心の中で否定《ひてい》し続けたのだ。たとえその後で彼の気持ちが理解《りかい》できたとしても、同じことができるわけがない。

その結末を知っているからだ。自分だけは違うだなんて、そんな根拠《こんきょ》のない自信を持てるはずもない。

ニーナが帰還したあの日にツェルニの暴走《ぼうそう》は終わった。

そして、ニーナが行方《ゆくえ》不明になった日から、ツェルニの暴走が始まったと考えて、まず間違《まちが》いないはずだ。

（隊長は、なにかを知っているはず）

そして……

ツェルニの暴走に、廃貴族《はいきぞく》が何らかの関《かか》わりを持っているように思えてならない。汚染獣を憎悪する心と、汚染獣に襲いかかるように暴走を続けたツェルニの間になにかがあるように思えてならないのだ。

なぜなら、廃貴族はたとえ壊《こわ》れていても、狂っていても、電子精霊なのだから。

（隊長は、行方不明の間になにかをしていたはず）

物思いに耽《ふけ》るナルキを現実《げんじつ》が引き戻しにかかってきた。

わっという歓声《かんせい》が体育館内に響《ひび》き渡《わた》った。

あの汚染獣大量襲撃事件《しゅうげきじけん》から一週間も過《す》ぎていない今日、ナルキは生徒会棟《とう》近くにある体育館にいた。ここはツェルニでの運動系《けい》クラブが試合に使うためのもので、観客席が用意されている。

ナルキはここである試合を見守っていた。

「これで、白側が二人抜きだね」

やや弱気な口調でそう言ったのはハーレイだ。

「序盤《じょばん》から流れが白にいっちまったからな、そろそろ」

そう呟《つぶや》いて、シャーニッドが試合会場に目を向ける。

その場には他に、レイフォン、フェリ、ダルシェナがいた。他にも観客席にはポツポツと五、六人程度《ていど》の小集団がいくつもあり、試合の模様《もよう》を眺《なが》めている。

全員が小隊員とその関係者たちだ。

そして、この場にいないニーナは、試合会場にいた。

「しかし、こんな時にこんな試合をしてなんの意味があるというんだ？　前の時にはこんなものがあったなんて話、聞いてはいないが」

ダルシェナは首を傾《かし》げて紅《あか》側の選手が会場にあがるのを見守った。

ニーナは紅側の七番手として控《ひか》えている。

今日、この場所で第一から第十七までの小隊、その隊長たちが集まって紅白に分かれての勝ち抜《ぬ》き戦が行われていた。

第十小隊が欠けた十六人の小隊長たちは紅組大将《たいしょう》として第一小隊のヴァンゼ、白組大将として第五小隊のゴルネオは自動的に決まり、それ以外はくじ引きによって紅白どちら側か、そして何番手かが決められた。

それぞれの大将は小隊対抗《たいこう》戦の時の戦績《せんせき》から決められたものだ。目の前にある勝負以外に駆《か》け引きすべきものを許《ゆる》さない、偶然《ぐうぜん》による組み合わせ。

「ま、対抗戦後の祭りってことじゃないのかね」

「それだけのために、この貴重《きちょう》な時期に時間を割《さ》くか？」

「なんか考えているのかもね。例えば編制《へんせい》とか」

「対抗戦で、それは十分にわかったと思うが……」

シャーニッドとダルシェナの会話にハーレイも加わるが、開始の合図が告げられると同時にそれも静まる。

ナルキはレイフォンを見た。

その顔にはこの試合に対する疑問《ぎもん》を感じている様子はない。この間までの緊張《きんちょう》は去り、弛緩《しかん》しているとも取れる表情《ひょうじょう》で試合を眺めていた。

ニーナが無事に戻《もど》ったことに心から安堵《あんど》している様子だ。

この間までの張《は》りつめた様子とはまるで違うことに、ナルキは肩透《かたす》かしを食らったような気持ちになる。

だが、これが知り合った時から見ているレイフォンの顔のような気もする。

いや、たぶんそうなのだ。

あまりに違う部分を見てしまったために、普段《ふだん》がどうだったかがうまく思い出せない。

ナルキは自分の記憶《きおく》に自信を持てなくなってしまっていた。

（レイフォンは知っているのかな？）

ニーナがどうやって行方を絶《た》ったのか、そしてどうやって戻ってきたのか。

そして、レイフォンの隣《となり》で沈黙《ちんもく》を保《たも》っているフェリは、他の連中は知っているのか？

気にならないのか？　知ろうと思わないのか？

もしかしたら、自分だけが仲間外れになっているのだろうか？

ナルキの実力は第十七小隊の中では格段に低い。小隊員のバッヂを付けていること自体がなにかの間違いだと、自分でも感じるくらいだ。

自分だけが知らされていなかったとしても、おかしくはない。

ナルキが考えに耽《ふけ》っている間に隊長たちによる紅白戦はいつのまにか後半戦に入っており、そしてニーナが会場に立っていた。

紅組が最初に喫《きっ》した二連敗は三番手によって止められた。その後、紅組の巻《ま》き返しが行われ、ニーナは自分と同じ七番手と戦うこととなった。

その七番手は第十四小隊隊長、シン・カイハーン。

「さて、お前とこうやって戦うのは対抗戦以来だな」

「お願いします」

「その前は、嫌《いや》になるぐらい毎日練習に付き合わされたものだけどな。まったく、しんどい新人だった」

第十七小隊を立ち上げる以前、ニーナは第十四小隊にいた。その時の隊長はシンではなかったが、頼《たよ》れる先輩《せんぱい》として練習に付き合ってもらっていた。先代の隊長と同じで世話好きの男だった。それだけに、彼がその後を継《つ》ぐことに誰《だれ》も異議《いぎ》を唱えなかった。ニーナだって、彼が後を継いだことをおかしなことだとは思わない。

世話好きなだけではなく、実力も十分にあった。実際《じっさい》、対抗戦の戦績では三位となっている。

「そうそう、ウィンスの奴《やつ》がスカウトに行ったんだってな？　お前の頑固《がんこ》さを知らない奴はそういうことができちまう。羨《うらや》ましい限《かぎ》りだ」

ウィンスとは第三小隊の隊長のことだ。

確《たし》かに第十六小隊との試合の前に、彼からスカウトを受けた。

「ま、お前を欲《ほ》しいと思う気持ちはわかるけどな。実際、お前がいてくれたら白組の大将を張れたかもしれないわけだし……」

大将両者は今回の対抗戦で同率一位が務《つと》めている。白組の大将ゴルネオとシンは対抗戦最終日に戦っているのだ。

ニーナがいれば勝てたと言ってくれている。

「ありがとうございます。でも……」

自分を評価《ひょうか》してくれていることは、純粋《じゅんすい》に嬉《うれ》しい。特にニーナをよく知ってくれているシンからの言葉だけに、そこには重みがあった。

「ですが、わたしは第十七小隊を誇《ほこ》りに思っていますので」

面と向かってそう言うニーナに、シンは苦笑《くしょう》を浮《う》かべた。

「それこそニーナ、なんだろうな。じゃ、やるか」

「はい」

開始が告げられる。

距離《きょり》を取って、ニーナは黒鋼錬金鋼《クロムダイト》製《せい》の鉄鞭《てつべん》を両手に構《かま》えた。

シンの武器《ぶき》は剣《けん》だ。速度を重視《じゅうし》した碧宝錬金鋼《エメラルドダイト》製の細身の剣を悠然《ゆうぜん》と構えている。

その周囲を風が舞《ま》う。シンの周囲で剄《けい》が発生し、それが剣に流れ込んでいる。その流れが風を呼《よ》んでいた。

青石錬金鋼《サファイアダイト》が剄の伝導率《でんどうりつ》なら、紅玉錬金鋼《ルビーダイト》は化錬剄《かれんけい》の触媒《しょくばい》として優《すぐ》れている。黒鋼《クロム》の含《がん》有率《ゆうりつ》によってその性質《せいしつ》が変化する三種の錬金鋼《ダイト》の三つ目、碧宝錬金鋼《エメラルドダイト》は剄の収束率《しゅうそくりつ》という点で優れている。

シンが下段に構えていた剣を持ち上げ、切っ先をニーナに向けた。

ニーナにとってそれは、よく知っている構えだ。

（一気に勝負をかける気だ）

体の内側に腕《うで》を引き、柄《つか》を抱《だ》きしめるようにした独特《どくとく》の突《つ》きの構え。そこから繰《く》り出されるのは……

来た。

外力系衝剄《しょうけい》の変化、点破《てんは》。

切っ先に収束した衝剄が突きの動作に従《したが》って高速で撃《う》ち出される。

「っ！」

（避《よ》けられない）

判断《はんだん》した瞬間《しゅんかん》、ニーナは全身に剄を巡《めぐ》らせた。

内力系活剄《かっけい》の変化、金剛剄《こんごうけい》。

攻撃《こうげき》を受ける場所に剄を集中させ、剄の壁《かべ》によって攻撃を弾《はじ》く。相手がどの部位を狙《ねら》ってくるかを瞬時に判断し、その上で剄を集中させなければならない高等防御術《ぼうぎょじゅつ》だ。

衝剄が交差させた鉄鞭をすり抜け、胸に衝撃《しょうげき》を走らせる。

「ぐう……」

金剛剄で相殺《そうさい》しきれなかった痛《いた》みに、ニーナは呻《うめ》いた。

「…………」

シンは無言で、ニーナの反応《はんのう》を見ている。普段は軽口が好きなシンだが、いざ戦闘《せんとう》に入るとたんに無口になるのは、昔から変わっていない。

（しかし、いまの一撃……）

ニーナは背中《せなか》から冷たい汗《あせ》が流れるのを感じた。

第十四小隊に所属していた頃《ころ》は、なんとか避けるかいなすことができた。

以前の対抗戦《たいこうせん》の時も、それはできた。

だが、今日。シンの突きはニーナの予想以上の速度でもって襲《おそ》いかかってきた。

（この短時間で、先輩はこんなにも強くなったのか）

レイフォンに教えてもらった金剛剄がなくては、今の一撃でニーナは負けていたかもしれない。反撃に移《うつ》る余裕《よゆう》さえもなかった。

だが、技《わざ》の弱点も見えてくる。

（溜《た》めが長すぎる。近接《きんせつ》戦をしながらあれができるのか？）

以前よりも速度と威力《いりょく》が増《ま》した分、溜めにかかる時間も増しているように思えた。

そう思ったら体が動いていた。

飛び出し、左右の連携《れんけい》を行う。昔から初撃の思い切りのよさには定評がある。

（わたしの成長も見てもらおう！）

そういう気持ちで打った。大上段からの右の一撃は剣によって捌《さば》かれ、シンの体が右側に移動《いどう》する。左手からの二撃目を警戒《けいかい》した基本《きほん》的な動きだが、ニーナは捌かれたことによって変化した力の流れを利用して、左の鉄鞭を裏拳《うらけん》の要領《ようりょう》で振《ふ》り回す。シンにとっては回り込まれた形になる攻撃だが、ギリギリのところで後退《こうたい》してかわした。

空気に焦《こ》げ臭《くさ》いものが混《ま》じっている。錬金鋼《ダイト》同士のぶつかり合いで起きた火花、それとタンパク質《しつ》のやける臭《にお》い……シンの前髪《まえがみ》が少しだけ短くなっていた。

ニーナは止まらない。さらにシンとの距離を詰《つ》めにかかる。

シンがさらに後退する。

ほんのわずかな跳躍《ちょうやく》。足が床《ゆか》に触《ふ》れるわずかの間に、シンが再《ふたた》び点破《てんは》の構《かま》えに入った。

(溜めが短いっ!)

では、さきほどのはわざと長くしてみせたのか? 罠《わな》にかかったか?

だが、いまさらここで止まるわけにもいかない。

守りは粘《ねば》り強く、そして攻撃は恐《おそ》れ知らずに。変わることのない、ツェルニに来る以前からの自らの信条《しんじょう》に従って、さらに前に詰める。

最小限《さいしょうげん》の動作で放たれる点破を恐れず、金剛剄《こんごうけい》で守りに入ることもなく、次に放つ一撃のために前に出る。

左の頬《ほお》に引き裂《さ》かれるような衝撃が走った。

そして右腕に確《たし》かな手応《てごた》え。

「ぐっ」

かすかな呻きを残して、シンがその場に膝《ひざ》をついた。

その瞬間、審判《しんぱん》がニーナの勝利を告げる。

「ちと、策《さく》に走りすぎたか」

打たれた肩《かた》を押《お》さえながら、シンは苦笑《くしょう》を零《こぼ》して立ち上がった。

「強くなったんだな、ニーナ。あいつらのおかげか？」

その視線《しせん》はニーナの背後《はいご》、観客席にいる第十七小隊の面々に向けられている。

「ええ」

ニーナはとても誇らしい気分で頷《うなず》いた。


一方、観客席ではナルキが思わず安堵《あんど》の吐息《といき》を零《こぼ》していた。

その横ではハーレイが興奮《こうふん》気味に歓声《かんせい》を上げている。レイフォンは柔《やわ》らかい笑《え》みを浮《う》かべていた。

「ふう、ひやっとさせられたぜ」

「シンの点破は中距離《ちゅうきょり》戦で活《い》きてくる。近距離戦に拘《こだわ》って短期決戦にしたのは正解《せいかい》だな」

「そうなのか？」

シャーニッドとダルシェナの会話を聞いて、ナルキはレイフォンに小声で尋《たず》ねた。

「そうだね。構えの感じからしてあの技はもっと早く連発できるはずだし。それにあの人は足さばきが凄《すご》いね。一発目で隊長が警戒《けいかい》して距離を取ってたら、たぶん距離を詰めるなんてできなくなってたんじゃないかな？」

「へぇ……」

レイフォンに説明されれば、あの二人の間に起きた一瞬《いっしゅん》の行動の理由に納得《なっとく》がいく。

「でも、あの瞬間に隊長がそんなことを考えてたかどうかはわからないけどね」

「え？」

「いきなり動きの方針《ほうしん》を変えるなんて難《むずか》しいよね。それは誰《だれ》だって同じだよ。隊長は隊長が一番うまくやれる攻撃《こうげき》的な行動を選んだんだろうし、あの人は新しい戦い方を試《ため》してみようとしてた節があるから、最初の行動方針で相性《あいしょう》が出たんじゃないかな？　実力はそんなに違わない感じがするし」

ダルシェナもニーナが短期決戦を選んだことを称賛《しょうさん》しているし、レイフォンも最初のシンの一撃でニーナが二の足を踏《ふ》むようなことをしていたら負けていたかのようなことを言っている。

「単純《たんじゅん》に力が強い、技が凄《すご》いだけじゃあ勝負は決まらない。隊長クラスでの戦いなら、それは当然なんだろうね」

レイフォンの言葉の後、開始の言葉が会場から発せられた。ニーナの正面には次の相手、白組の大将《たいしょう》であるゴルネオが立っている。

（それじゃあ、あの強さは廃貴族《はいきぞく》のものじゃないのか？）

ニーナは強くなっている。それは間違《まちが》いないはずだ。だがそれは順当な成長によるものでしかないのだろうか？　たしかに、ナルキが小隊に入る前から小隊訓練以外にも過酷《かこく》な訓練を積んでいることは知っている。一度はそのために倒《たお》れたのを目撃しているし、レイフォンがその訓練に付き合っていることも聞いていた。

ならやはり、先ほどの試合の結果は純粋《じゅんすい》な成長の証《あかし》なのだろうか？

そこに廃貴族の強さはないのか？

ツェルニの暴走《ぼうそう》を止めたのはニーナ……そんな気がしてならない。だがそれは、ニーナが廃貴族の力を我《わ》が物にしたということではないのだろうか？

(結論《けつろん》を急ぎすぎてるのかな？)

そうかもしれない。

しかしでは、廃貴族はどこに行ったのか？

ナルキはこの疑問《ぎもん》を誰かにぶつけるべきなのか、ぶつけるなら……誰に？

いや、そもそも知るべきなのか？

ディンの結末は一つの疑問をナルキに与《あた》えてもいた。

分を過《す》ぎたものに関《かか》わっても、なにもできないのではないのか？　サリンバン教導傭兵《きょうどうようへい》団《だん》という、強者の集団《しゅうだん》が捕縛《ほばく》するために動くような存在《そんざい》。もし、あの場にレイフォンも傭兵団もいなければ、あの時、ディンの暴走を止めることができた者はいたのだろうか？

（でも……）

それを放置することでなにかが変わるのか？　廃貴族の問題を放置していては、また先日のようにツェルニが暴走するかもしれない。

あんな危険《きけん》を無視《むし》していていいのか？

（ここには、メイやミィがいるというのに……）

体育館内を駆け抜けた轟音《ごうおん》が、再《ふたた》びナルキの視界を現実の光景に戻した。


開始の合図と同時に動く。

ゴルネオは小隊長の中ではヴァンゼに続く巨漢《きょかん》だ。目の前に立たれるだけで重圧感《じゅうあつかん》が襲《おそ》ってくる。気迫《きはく》で押《お》されるようなことになれば、この体格《たいかく》の差によるハンデはより決定的になることは間違いない。

（ならばっ！）

前に出たニーナとほぼ同時にゴルネオも距離を詰めてきた。

ゴルネオが胸《むね》の前で小さく構えた二つの拳《こぶし》が、その体格以上に巨大なものになっているように見える。

(化錬勁《かれんけい》っ!)

左拳がさらに巨大化する。

いや、違う。接近《せっきん》している。

「くっ」

避《よ》ける暇《ひま》は、ない。

右の鉄鞭《てつべん》で迎《むか》え撃《う》つ。硬《かた》い感触《かんしょく》、衝撃《しょうげき》、金属《きんぞく》のぶつかり合う甲高《かんだか》い音が耳を打った。熱を帯びた剄の余波《よは》が顔面を撫《な》でていく。

鉄鞭と、元のサイズとなったゴルネオの左拳がぶつかり合っていた。

(右っ!)

安堵している暇はない。手は二つある。力をためた利《き》き腕《うで》の一撃。逆《ぎゃく》にニーナは利き腕ではない左の鉄鞭。

正面に振り下ろしたはずの鉄鞭が弾《はじ》き返された。体が制御《せいぎょ》不能《のう》な体勢《たいせい》になる前に自分で跳《と》んで衝撃を流す。

だがそれで、ゴルネオの動きが止まったわけではない。

跳んだ先にすでにゴルネオが回り込んでいた。巨漢が剛風《ごうふう》を引き連れて側面に立つ。

立て直す暇《ひま》はない。

衝撃は背中《せなか》を襲《おそ》った。蹴《け》りだ。分厚《ぶあつ》い木の幹《みき》にでも衝突《しょうとつ》したかのような衝撃とともに、逆方向に飛ばされる。

だが、ぎりぎりで金剛勁《こんごうけい》が間に合った。床《ゆか》を転がり、立ち上がる。

ゴルネオはすでに身構《みがま》えていた。

(あれで勝ったと思ってくれていれば……)

付け入る隙《すき》があったかもしれないが。

ゴルネオはさきほどよりも大きく身構えているが、油断《ゆだん》している様子はない。勁の圧力は間合いが遠くなった今でも感じることができる。張りつめた気配はすぐにでも仕掛《しか》けてきそうだ。

(なにをする?)

ゴルネオの武器《ぶき》はその四肢《しし》だ。化錬勁という変化に富んだ勁術《けいじゅつ》を使うが、それは四肢から繰《く》り出される格闘術《かくとうじゅつ》を補佐《ほさ》するためにあるものだ。

しかしそれは、化錬勁という千変万化の勁術を攻撃に使わないという意味ではない。

空気が短く唸《うな》った。また、左拳を振るったのだ。

会場の端《はし》と端だ。届く距離ではない。

「くっ」

それでも咄嗟《とっさ》に体の前で交差させた鉄鞭に重い衝撃が走った。

(衝剄《しょうけい》か？)

破壊力《はかいりょく》としてのエネルギーである外力系衝剄。それに技という形を与《あた》えて放つのではなく、純粋《じゅんすい》なエネルギーとして放射《ほうしゃ》することは、その規模《きぼ》の大小は別として剄の訓練を受けた武芸者であれば可能《かのう》なことだ。

衝剄をニーナとゴルネオとの間にある距離ぐらい飛ばすことは、小隊員ならそう難《むずか》しいことではない。

だが、そういう衝剄に特有の風切り音、気流の乱《みだ》れが一切《いっさい》ない。いきなり鉄鞭に重い衝撃が走り、そしてそれきりだ。

(まるで、本当に殴《なぐ》ったかのような。なんだ？　一体……)

考えている間に、ゴルネオが再び拳打《けんだ》を放つ。

ニーナは右に避《よ》けた。拳の直進地点にいる危険を避《さ》けたのだ。

「がっ！」

だが、右のわき腹《ばら》に衝撃が走り、ニーナはその場に膝《ひざ》をついた。

「外力系衝剄の化錬変化、蛇流《じゃりゅう》」

「え？」

その呟《つぶや》きに、観客席のナルキは視線《しせん》を、目に見えない攻撃《こうげき》を受けてその場から動けなくなっているニーナから、レイフォンに向けた。

「知ってるのか？」

「見たことある。もっと強力な奴《やつ》だけどね」

「なんだあれは？　普《ふ》通《つう》の衝剄と違うのはわかるが……」

ダルシェナもゴルネオのしていることがわからずに首をひねっている。

ゴルネオはその場から一歩も動かず、まるで格闘術の型の練習をするかのように拳《こぶし》を放ち、蹴《け》りを放っている。だが、そこから発せられるのは彼の太い手足が唸《うな》らせる風の音だけだ。衝剄を放った痕跡《こんせき》は少しもない。

「化錬剄です。細い化錬剄の糸を隊長に張《は》り付けているんですよ。その糸を伝って、拳打の衝撃を伝えている」

「糸〜？」

シャーニッドが疑《うたが》わしげに目を細める。遠距離《えんきょり》射撃《しゃげき》を得意とする彼は活剄による視力の強化も得意だ。ナルキも視力を強化してみるが、それらしいものを見ることはできなかった。

「ああ、そういや、なんか見えるな。四本？」

「ですね。だから、よく見ればゴルネオの動きでどこに攻撃がいくかわかると思うんですけど」

「え……？」

ゴルネオが拳打を放つたびにニーナの体が揺《ゆ》れる。言われて見てみれば、四肢の動きとニーナの体の揺れに一定の法則《ほうそく》があるように思えた。

「隊長もそれがわかってるから金剛剄《こんごうけい》を張っています。後半からはダメージはないですよ」

「でも、あのまんまじゃ動けねぇな。ゴルネオもうちの隊長の後にはヴァンゼの旦那《だんな》がいるから体力残しときたいだろうし、持久戦《じきゅうせん》になりゃやっぱり負けるんじゃねぇのか？」

「そうですね。消耗《しょうもう》は蛇流よりも金剛剄の方が激《はげ》しいだろうし。……そうか、四本しか出してないのは消耗を最小限にするためかな？　あの人ならもう少し出せるような気がするんだけど……」

「四本しか？」

「僕《ぼく》の知ってる使い手はもっとたくさん糸を出して、その時に応《おう》じて伝導《でんどう》する糸を変えるよ。そうでないと、いまみたいに打点を読まれてしまうので意味がない」

「もしかして、レイとんも使えるのか？」

「使えるけど、化錬剄《かれんけい》は慣《な》れてないと余計《よけい》な体力使うし、鋼糸《こうし》使った方が早いし、それに打撃ならともかく、斬撃《ざんげき》を伝導《でんどう》させるっていうのは骨《ほね》が折れるから」

なんとなく尋《たず》ねたのだが、当たり前のように答えられてしまった。レイフォンの底の深さは本当に知れない。

驚《おどろ》きながらその横顔を見ていると、レイフォンは試合に向けた目をすっと細めた。

「でも、本当に手を抜《ぬ》いているのだとしたら、隊長を舐《な》めている。剄を二つに分けて練る方法はもう教えているんだ」

レイフォンの言葉でナルキも会場に目を戻《もど》した。

ニーナはじっとその場で耐《た》えている。鉄鞭《てつべん》を交差させ、体をギュッと固めて耐えている。

ナルキの隣《となり》で、レイフォンが呟《つぶや》いている。

「打点がわかってれば金剛剄に向ける剄も少なくすることができる。金剛剄は大技だけど、そうすれば剄に余裕《よゆう》ができる。持久戦をする気がないのなら、いや、逆転を狙《ねら》うのならその剄を溜《た》めに溜めて……」

ナルキはまだレイフォンのように剄の流れを見るなんてできない。それでもじっと目を凝《こ》らせばニーナの体がぼんやりと光り、その光が徐々《じょじょ》に濃度《のうど》を増《ま》しているように見えた。

（なにかをする気だ）

そう思って見ていると、ニーナの構《かま》えが鉄鞭を交差させた防御《ぼうぎょ》の構えから徐々に変化していっているのがわかった。鉄鞭の形はそのままに、持っている腕《うで》が位置を変えようと少しずつ動いている。閉《と》じていた脇《わき》が広がり、右腕は引き気味に、逆に左腕は前に出ようとしている。それに合わせて鉄鞭の交差部分もその位置が前面から上に移動している。

ナルキにだってそれがわかったのだ。ゴルネオが見逃《みのが》すとは思えない。

拳打が止《や》んだ。

右拳が引き寄せられる、そこに剄が収束《しゅうそく》していく。

ゴルネオも一撃の勝負に出たのだ。ニーナの後にヴァンゼが控《ひか》えている以上、全力を尽《つ》くせないのは変わりない。だが、策《さく》にはめていたニーナが逆転の一撃を狙っている以上、ゴルネオもそれに応《おう》じなければならない。

問題は応じ方だ。

避《よ》けるか、ぶつけ合うか？

ゴルネオからの攻撃《こうげき》が止まったことで、ニーナの剄を練る速度が増す。そこから発せられる圧力《あつりょく》がナルキの肌《はだ》で感じられるまでになった。

対するゴルネオからも同程度《ていど》の圧力《あつりょく》が発される。巨体《きょたい》を風が包み、それが見る間に激《はげ》しくなっていく。小隊の対抗《たいこう》試合は都市警察《けいさつ》の仕事に障《さわ》りがない範囲《はんい》で見てきたし、その中にはゴルネオ率《ひき》いる第五小隊のものもあった。第十七小隊との試合以外では、二回ほどだったか。化錬剄は小隊員の中ではゴルネオと同じ隊のシャンテぐらいしか使い手はいない。武芸科《ぶげいか》全体を見渡《みわた》せば他にもいるのかもしれないが、実戦レベルで使いこなせるのはこの二人だけだろう。

習得《しゅうとく》しづらい剄術《けいじゅつ》だということは昔から聞いている。そして、習得しづらいだけに、使いこなすことができれば強力なものになることも。

ニーナが動いた。

その瞬間《しゅんかん》、ニーナの姿《すがた》がかき消える。一筋《ひとすじ》の電光を残して。

外力系衝剄《しょうけい》の変化、雷迅《らいじん》。

体育館が破裂《はれつ》するのではないかという轟音《ごうおん》に満たされた。まるでエア・フィルターに稲妻《いなずま》が触《ふ》れたかのような轟音、そして閃光《せんこう》がナルキの目を焼く。

なにが起こったのか、光に目をやられたナルキは見ることができなかった。

結論《けつろん》を先に言えば、ぼやけた視界の中で耳に届《とど》いたのは、ゴルネオの勝利を告げる審判《しんぱん》の声だ。

どういうことになったのかは、レイフォンが説明してくれた。

「読まれてたんだよ。隊長の構えから衝剄による遠距離攻撃《こうげき》でないことはわかってただろうし、性格《せいかく》的にもフェイントを加えるようなことはしない。あの状況《じょうきょう》ならその余裕もない。ならば残ってるのは、一直線に向かってくるしかない。そうとわかってれば、後は自分の能力が速度と破《は》壊《かい》力に対応できるかどうかだけ、ゴルネオはそれをしたんだ」

外力系衝剄の化錬変化、風蛇《ふうじゃ》。

ゴルネオがニーナに勝利した技の名前だ。

「グレンダンではだいたい、技の名前に蛇がつくのは直線的な攻撃を意味しない。隊長の攻撃に真っ向から拳《こぶし》を合わせてたら、ただで済《す》むはずないからね。拳から放った衝剄を曲げて隊長の横腹《よこばら》を撃《う》った。それで決まったよ。

ただ、あの人にしても隊長のあの速度は予想以上だったみたいだけどね」

その時、最後であるヴァンゼとゴルネオの試合が終わったことを告げられた。

ヴァンゼの勝利だ。

「武器《ぶき》の一撃は防《ふせ》げたけど、あの速度が生み出した衝撃波《しょうげきは》までは無理だった。体中の神経《しんけい》が痺《しび》れてたはずだよ」

紅組の勝利に、そちらに隊長が参加していた小隊員たちが歓声《かんせい》を上げている。

「それにしても、隊長があんな技を持ってるなんていままで知らなかった。対抗試合でも見たことなかったぞ」

「うん……覚えることは覚えてたと思うけど、使い物になるには隊長がある程度《ていど》強くないといけないしね」

「なんだって？」

「金剛剄は早い段階《だんかい》から使えるけど、上を見たらきりがない技で、逆に雷迅は半端《はんぱ》な能力で使っても旋剄《せんけい》とそう変わりない、ただ速いだけの攻撃でしかなくなる。それなら旋剄を使った方が効率《こうりつ》的だよ。だから今まで使わなかった」

レイフォンの言葉を聞いて、ナルキは思った。

（それなら、隊長はいつそれを実戦で使えるようになったんだ？）

対抗試合の最終戦、第一小隊との戦いではニーナはヴァンゼとほぼ一騎打《いっきう》ちに近い戦いを演《えん》じている。そこでは雷迅は使わなかった。使う暇《ひま》がなかったのか、使えなかったのか……？

使えなかったのだとしたら、行方《ゆくえ》不明になっている間に使えるようになったということになる。

（やはり、廃貴族《はいきぞく》が隊長に？）

そんなことを考えていたから、隣《となり》でレイフォンがぼそりと呟《つぶや》いたことを聞き逃《のが》してしまった。

「……雷迅はたしかに僕が教えた。けど、僕はいつ雷迅を知った？」

†

「で、結局何だったんだ、あれは？」

試合が終わるとヴァンゼは隊長たちの労をねぎらい、すぐに解散《かいさん》となってしまった。まだ昼をやや過《す》ぎたくらいの時間だ。今日は授業《じゅぎょう》もない。ニーナが練武館《れんぶかん》で訓練をすると宣《せん》言《げん》するには十分な時間が残っていた。

「隊長たちの最終的な実力査定《さてい》だな」

先頭を歩くニーナがそう言った。その歩く姿《すがた》には二連戦をこなした後遺症《こういしょう》はなさそうだ。

ニーナの言葉でシャーニッドとダルシェナが合点《がてん》がいった様子を見せる。

「ああ、じゃあ潜入《せんにゅう》部隊の選考試験だったわけだ」

「そういうことか」

「出しすぎれば本隊の力を削《そ》ぐし、出さなければ相手の防衛《ぼうえい》戦力を主力に回されることになる。どれぐらい出す気か……」

「一小隊は確実《かくじつ》だろう」

ニーナの言葉にダルシェナが言葉を重ね、続ける。

「ヴァンゼは戦術家《せんじゅつか》としては堅実派《けんじつは》だ。確実な守備力《しゅびりょく》を用意してから反撃に移《うつ》るつもりに違《ちが》いない。そこのところでは、ゴルネオとシンもそう変わりない。主戦力と都市内の防衛戦力を配置して……とやっていけば使える部隊は一小隊ぐらい。という考えになるだろうな」

都市戦での武芸者《ぶげいしゃ》の編制《へんせい》、戦略《せんりゃく》を考えるのは隊長たちが集まる戦略研究会においてだが、最終的には対抗試合での上位三小隊の隊長であるヴァンゼとゴルネオ、そしてシンによる話し合いで決定となる。

「そうなると、血の気の多いうちが選ばれるかもしんねぇな。引っかけに弱いのが多いもんな。そんなの主戦場で使うより、まっしぐらな猪《いのしし》作戦のが似合《にあ》ってる」

「誰《だれ》が猪だと？」

「おれの目の前にいる麗《うるわ》しい君のことだ」

「……練武館に着いたら覚悟《かくご》するんだな」

シャーニッドとダルシェナのそんなやり取りにレイフォンは苦笑《くしょう》し、フェリは無視《むし》を決め込んでいる。

いや……

フェリの目がニーナの背《せ》に向けられているのにナルキは気付いた。顔色で感情を表現しないフェリからなにかを察するのは難《むずか》しいが、それでもニーナに対してなにかを抱《いだ》いているように見える。

(もしかして、この人も疑問《ぎもん》に思っているのだろうか?)

思っていても不思議ではない。ニーナが行方《ゆくえ》不明になった時、念威《ねんい》繰者《そうしゃ》として彼女の行動をサポートしていたのはフェリなのだから。

いや、疑問に思わない者がこの小隊にいるのだろうか? 自分たちの隊長のことなのだ。ダルシェナはナルキと同じように第十七小隊に入って日が浅い。しかし、彼女がここにいる事情《じじょう》には廃貴族《はいきぞく》が関係している。可能性《かのうせい》がある限り、それを無視できるわけがない。

(聞いてもいいんだろうか?)

他の人たちは聞いているのだろうか?

しかし、聞いてどうする? 自分がそれに対してなんら解決手段《かいけつしゅだん》を持っていないことには変わりない。心構えの問題? それでいいのか?

しかし、ナルキのその心配は練武館に着いたところで解決してしまった。

「みんなには話しておかなければいけないことがある」

第十七小隊の訓練室に入るなり、ニーナは真剣《しんけん》な顔で全員と向き合った。

「この間のことから色々あり、全員が顔を揃《そろ》えることができたのは今日が初めてだ。できれば全員が揃った時に話せることは全《すべ》て話したいと思っていた」

ナルキは小隊員たちの後ろの方にいたために、全員の反応《はんのう》を見ることができた。ニーナのその言葉で緊張《きんちょう》した様子を見せている。

さっきのどこか和《なご》やかな感じが消えている。

それで気付いた。ナルキ以外の人たちで、なにがあったか知りたいと思った者はすでにニーナに尋《たず》ねていたのだ。

その上で、ニーナは全員が揃《そろ》う日まで待ってもらっていたのだろう。

レイフォンの表情《ひょうじょう》も硬《かた》く強張《こわば》っている。性格《せいかく》から考えてまっさきに聞いたに違いない。そして待てと言われて大人しく待っていたのか。

信じて待っていたからあんなにものんびりと構《かま》えていたのか、それとも大丈夫《だいじょうぶ》な振《ふ》りをしていたのか……

どちらにしてもレイフォンはニーナに対して強い気持ちを抱《いだ》いているに違《ちが》いない。

誰《だれ》よりも強くその人を心配し、誰よりもその人の力になろうとする。それは、普通《ふつう》の人なら恋《こい》と呼《よ》んで間違《まちが》いないはずなのだけど。

（レイフォンは、どうなのだろうな？）

メイシェンが、彼女なりに積極的にアプローチしているというのにレイフォンはその思いに応《こた》えるでもなく、かといって遠ざけるでもない。恋愛事《れんあいごと》に擦《す》れた輩《やから》ならメイシェンの気持ちをいいように利用しているとも判断《はんだん》できるのだが、レイフォンからは鈍感《どんかん》の二文字くらいしか浮《う》かばない。

そんなレイフォンだ。ニーナに対して純粋《じゅんすい》な恋という感情を持っているとは思えない。

少なくとも、自覚はしていないに違いない。

（なんだろうな、妙《みょう》な気持ちの悪さがある）

レイフォンの抱《いだ》いている認識《にんしき》と自分の持っている常識《じょうしき》にずれがあるような、そんな感覚だ。

そのことに考えが捕《と》らわれていると、ニーナが口を開いた。

「あの日、第一小隊との戦いが終わった後、わたしはレイフォンからの報《しら》せで機関部へと向かった。そこでわたしが見たのは……」

ニーナの話はこうだった。

機関部に辿《たど》り着いたニーナは、誰も入ったことのない機関部中央の内部へと入ってしまった。

そこで見たのは、明らかに異常《いじょう》な状態《じょうたい》となっている電子精霊《せいれい》ツェルニと廃貴族《はいきぞく》だった。

ニーナは救い出そうとするが、逆《ぎゃく》に廃貴族に憑依《ひょうい》されることとなってしまった。

「それじゃあ、お前の中にあの化《ば》け物がいるのか？」

ダルシェナの声は震《ふる》えていた。緊張なのか怒《いか》りなのか、ここからでは背中《せなか》しか見えなくてよくわからない。

「いることはいる。けれど、支配《しはい》できているわけじゃないし、操《あやつ》られてもいない」

「……どういうことだ？」

「廃貴族はわたしの中で眠《ねむ》っている。いつ目覚めるかはわからないが、いまはなにもできないはずだ」

その説明でなにがわかるはずもない。どうして眠っているのか？　方法は？　誰が？

「……そもそも、お前さんどこにいたわけ？」

言おうとしないことをとりあえず後回しにしたのだろう。シャーニッドが髪《かみ》の毛を掻《か》きまわして質問《しつもん》をした。

「都市中捜《さが》しまわったんだぜ。おれたちだけじゃなく、都市警察《けいさつ》も内密《ないみつ》に捜索《そうさく》していた。お前さんがどこかに隠《かく》れていた痕跡《こんせき》すら見つけられなかったって話だ」

ツェルニには数万人の学生が生活を支《ささ》えるための空間があり、その全てを捜索するとなれば並大抵《なみたいてい》のことではない。だがそれを都市警察がやりとげたことをナルキは知っている。

内密にするために人数は限《かぎ》られ、思うようにできなかったかもしれないが、それでも都市の隅《すみ》から隅まで調べ上げたのだ。

それでも、ニーナは見つからなかった。

それはつまり……？

「……わたしは、ツェルニにはいなかった」

「それじゃあ、どこに？」

しかし、信じられない。ツェルニ以外の場所にいた？ それはどこだ？ 都市の外には汚染物質《おせんぶっしつ》が満ちている。生身の人間が遮断《しゃだん》スーツなしに生きていられる場所じゃない。それなら他所《よそ》の都市？ それこそどうやって？ 放浪《ほうろう》バスに乗って。ではどうやって帰ってきた？ 暴走《ぼうそう》していた時には放浪バスさえ寄《よ》り付かなかったというのに。そもそもなぜ都市の外に行かなければならない？

しかし、話はこれからだというのにニーナは口を閉《と》じた。

「すまん。これ以上は言えない」

「どうしてです？」

レイフォンが静かに尋ねた。

「どうしても、だ。すまん。ただ、これだけは言わせてくれ、お前たちにだけ秘密《ひみつ》にしているわけじゃない。生徒会長にだって話してない。誰にも言えないんだ」

ナルキはフェリを見た。生徒会長の妹はこれまでの話を聞いても、やはり表情に変化を見せなかった。もしかしたら、すでに生徒会長から話を聞いているのかもしれない。

その後は誰が何を言ってもニーナがそれについて語ることはなかった。

おかげで、その後の訓練はひどく気まずいものとなってしまった。

†

夕方、ナルキはひさしぶりに都市警察に顔を出すことができた。

汚染獣《おせんじゅう》の騒動《そうどう》が終わってから、ツェルニは都市戦に向けて、本格的《ほんかく》に全体的な練習を始めている。そのため都市警察で働く武芸者《ぶげいしゃ》たちはシフトを減《へ》らされている。

小隊員であるナルキなどは例外を許《ゆる》されるはずもなく、むしろ他の武芸者たちよりも多く時間を削《けず》られていた。

「別に来なくてもよかったんだぞ」

強硬警備課《きょうこうけいびか》のオフィスでフォーメッドにそう言われ、ナルキは残念な気持ちになった。

「そういうわけにもいきませんよ。事件《じけん》は時期を選んでくれません」

「いや、選ぶぞ」

自分の机《つくえ》で書類仕事をしながらフォーメッドは即答《そくとう》する。

「こういう時だからこそ起きる事件ていうのもあるが、こういう時期だからこそ大人しくしていようという連中もいる。まぁ、時期関係なく起こす奴《やつ》もいるけどな」

「ほら、人手はいるんですよ」

「久《ひさ》しぶりに、溜《た》まった書類を片付《かたづ》ける時間ができているがな」

得意げにそう言うと、やはりあっさりと返されてしまう。

オフィスには今ナルキとフォーメッドの他には誰もいなかった。他に数人いたのだが、彼らは仮眠室《かみんしつ》に行ってしまっている。

「……他人《ひと》にはどうしても言えない秘密は、無理に聞いてはいけないんでしょうか？」

フォーメッドのためにお茶を淹《い》れ、デスクに置く。端末《たんまつ》の上で動いていた指を止めて、上司が顔を上げてナルキを見た。

「秘密にしていることをどうしても知りたいと思うのは、我《わ》がままなんでしょうか？」

ニーナがなにも喋《しゃべ》らないのを見て、最後にはレイフォンやシャーニッド、フェリとハーレイは引き下がったように見えた。最後まで不満を持っていたのはダルシェナとナルキだけだったろう。

特にシャーニッドとハーレイの二人はニーナが言えないと答えた時点から引き下がった

ように見えた。

「警察官としてなら……」

「え？」

「警察官としてなら、それが事件を解《と》くために必要ならどんな手段《しゅだん》を使ってでも聞き出す。だが、秘密というのは他人にとってはどれだけつまらないものでも本人は知られたくないと思っているものなんだ。難《むずか》しいわな」

「はい……」

「だけどな、秘密ってのには二種類ある。他人に話したくなる秘密と、死んでも話さないと覚悟《かくご》する秘密だ。後者なら、聞き出すのは並大抵のことじゃないぞ。しかも、だ。秘密には深さっていうもんもある。穴《あな》ぐらみたいなもんだ。入り口からすぐに奥《おく》が覗《のぞ》けるような穴ぐらは、そこに詰《つ》め込《こ》めるもんも限られる。が、簡単《かんたん》には覗けないような穴だったら？」

「…………」

「その奥にあるものを見たければ、穴ぐらに入らなければいけない。お前は無事にその穴から出てこれる自信があるか？」

「それは……」

「秘密を死《し》に物狂《ものぐる》いで守る覚悟のある奴から秘密を聞き出すなら、その覚悟に付き合う必要がある。お前さん次第《しだい》ってことさ」

「あ……」

どうなんだろう？　ニーナが秘密にしているのは廃貴族《はいきぞく》に関《かか》わるもののはずだ。その秘密に触《ふ》れて、ナルキはニーナが抱《かか》えているだろうこととともに戦うことができるのか？

「……まぁ、それが警察官として知らなければならないことなら、おれも一緒《いっしょ》に背負《せお》ってやるさ」

「課長……」

「それが組織《そしき》ってやつだ」

最後の言葉はナルキが望んだものではないけれど、とてもフォーメッドらしい言葉だと思った。

†

機関部の轟音《ごうおん》が鼓膜《こまく》を支配《しはい》している。

深夜の機関掃除《そうじ》のバイト。この音に身を浸《ひた》すのはどれくらいぶりだろう？　そんな感慨《かんがい》に浸《ひた》りながらニーナはモップを動かした。

モップを使う動作はすぐに体が思い出し、そうなれば後は無心にそれを繰《く》り返すだけになる。思考が眼前《がんぜん》の床《ゆか》やパイプから離《はな》れていくのにそう時間はかからなかった。

(あれで、良かったはずだ)

練武館《れんぶかん》でのことを思い出す。

なんとか廃貴族《はいきぞく》のことを伝えるだけで精一杯《せいいっぱい》……それで正しいはずだ。

『巻《ま》き込《こ》むぞ』

あの時の、ディクセリオ・マスケイン……ディックの言葉が頭から離れない。初めての狼面衆《ろうめんしゅう》との戦い。なにかに引きずり込まれた自分。そのなにかによってレイフォンをその場に呼《よ》んでしまった自分。

あの時、一歩間違《まちが》えればレイフォンもこちら側に来てしまっていたかもしれないという事実。

イグナシス。

その人物、名に関わるなにかの戦いにニーナは巻き込まれてしまった。いまだにその戦いがどういうものなのか、ニーナ自身よくわかっていない。ディック以外に味方はいるのか？　どれだけの規模《きぼ》の戦いなのか、まるでわかっていない。

ただ、敵《てき》だけはわかっている。

イグナシス。そして狼面衆。奇怪《きかい》な獣《けもの》の面を被《かぶ》った集団《しゅうだん》。その多くには実体がなく、死からはずれた存在《そんざい》らしい。彼らは仲間を増《ふ》やしながら様々な都市と縁《えん》という名の移動《いどう》ネットワークを構築《こうちく》しつつ、それぞれの都市でなにかを企《たくら》んでいる。

それが、マイアスでは仙鶯都市《せんおうとし》シュナイバルとの縁の構築だった。シュナイバルには他の都市にはない、リグザリオ機関という電子精霊《せいれい》を生み出す装置《そうち》が存在している。狼面衆の目的は、そのリグザリオ機関だった。

しかし、マイアスにニーナが現れることとなったのはシュナイバルが故郷だからなのか、そこのところすらも判然《はんぜん》としない。

しかし、そのおかげで廃貴族に憑依《ひょうい》され、ツェルニに助けられてようやく均衡《きんこう》を保《たも》てていた自分を、無事に取り戻《もど》すことができた。

その時、ニーナを助けてくれたのが電子精霊の原型だという。すべての電子精霊のオリジナル。

その原型とともにいた少女の名前は、リーリンだという。

そして、守護《しゅご》者《しゃ》のように側にいた者の名はサヴァリス。狼面衆に天剣授受者《てんけんじゅじゅしゃ》と呼ばれた男。

レイフォンを知っていた男。

レイフォンとの戦いを仄《ほの》めかした男。

（どこまで話すことができる？）

マイアスで出会ったリーリンが、レイフォンの幼馴染《おさななじみ》と同一人物なら、ぜひとも教えてやりたいと思う。二度とグレンダンに戻ることはないと思っているレイフォンからしたら、彼女と会えることはとても喜ばしいことのはずだ。

だが、あの二人はなんの目的でグレンダンからツェルニに向かっている？

サヴァリスの目的はわかっている。サリンバン教導傭兵団《きょうどうようへいだん》と同じ、廃貴族のはずだ。

しかし、リーリンはなぜ？

原型を引き連れて……リーリン自身はそのことを自覚しているのか？

（どこまで話すことが許される？）

武芸者《ぶげいしゃ》でいることに誇《ほこ》りもなにももたないレイフォンを、これ以上戦いの世界に引きずり込むことは正しいのか？

自分自身が、あのわけのわからない戦いに引きずり込まれていることに理不尽《りふじん》を感じているというのに。

どこまで話しても大丈夫《だいじょうぶ》なのか。

どこまで話したら巻き込んでしまうのか。

その境界線《きょうかいせん》がわからない以上、マイアスでのことはなにも話せない。

逃《のが》れられない災厄《さいやく》が近づいているような感覚なのに、それを告げることができない。

「先輩《せんぱい》」

呼びかけられ、我《われ》に返る。

レイフォンがいた。

「配達の時間過《す》ぎちゃいましたよ」

「……む、しまった」

いつのまにか時間がそんなに経《た》ってしまっていたようだ。夜間に配達される弁当《べんとう》は時間を逃すとハズレのものしか残らない。特に人気のサンドイッチは、配達時間を熟知《じゅくち》して先回りしないと手に入らないのだ。

「よかったら、僕《ぼく》の弁当食べますか？」

「いや、それは悪い」

レイフォンの申し出にニーナは首を振《ふ》った。武芸科の小隊員としての忙《いそが》しい日々に加え機関掃除《そうじ》のバイトまでしているのだ。食事は大切な栄養補給《ほきゅう》だ。欠かすなんてことはできない。まして、レイフォンのものを半分にするなんてもっての外だ。

「今日は残りもので我慢《がまん》することにする」

「いや、そうじゃなくてですね」

レイフォンは、言いにくそうに頭をかいた。

「今日は自分で作ったんですよ。で、作りすぎちゃいまして先輩《せんぱい》も食べてくれるとありがたいんですけど」

見れば、たしかにレイフォンの持っている弁当箱の包みは、一人で食べるには大きすぎるように見えた。

「前にも言ったかもしれないですけど、僕って量とかの加減《かげん》が下手なんですよね。だから先輩が食べるの手伝ってくれるとありがたいんですけど」

「そ、そうか？　それならありがたくいただこうかな」

「そうしてください」

レイフォンに促《うなが》され、手を洗《あら》いに行く。その間にレイフォンは座《すわ》れる場所を確保《かくほ》して、紙コップに持ち込んだ水筒《すいとう》のお茶を注いでいた。

「では、いただきます」

「遠慮《えんりょ》なくどうぞ」

包みの中には大きめの弁当箱が二つ入っていた。一つには揚《あ》げた肉にソースを絡《から》めたものやチーズと野菜を挟《はさ》んだサンドイッチなどが。もう一つにはサラダなど、いくつかのおかずがぎっしりと詰《つ》まっている。

「相変わらず、美味《うま》いな」

「そうですか？」

「ああ」

にこにことしたレイフォンの横顔を盗《ぬす》み見るようにしながら食事を続ける。

顔をまともに見ることができない。首がある一定以上動くことを拒否《きょひ》して、隣《となり》にいるレイフォンを正面から見ることを許さない。

隠《かく》し事をしていることもある。

が、他に生徒会長に言ったことが頭をよぎってもいた。

戦う目的をニーナに依存《いぞん》していると生徒会長は言った。そうかもしれないと思う部分はいくつかある。そして生徒会長に対して、ニーナはそんなレイフォンを引き受けると言ってしまっていた。

それはまるで告白のようだ。

（なんてことを言ったんだろうな、わたしは）

咄嗟《とっさ》に言ってしまったことだ。しかし、咄嗟だからこそ自分の心情《しんじょう》を包み隠《かく》さず言って

しまったような気もする。

自分でもちゃんと意識《いしき》していない部分を、形にしてしまったのか？

（わたしは……）

レイフォンのことが？

それを否定《ひてい》する要素はない。

「レイフォン……わたしは」

「今はいいですよ」

口から出た言葉をレイフォンが押《お》しとどめた。

「いつか教えてくれると信じてます。それに、僕は先輩の味方ですから」

首の筋肉《きんにく》が抑《おさ》えを外して、ニーナはレイフォンを正面から見た。

レイフォンは笑っていた。

「傭兵団の連中が先輩を狙《ねら》うなら、僕が全力で守ってみせます。先輩が話す気になれたら言ってください。先輩に使われるのは、嫌《いや》じゃないですよ」

「ああ……」

そうじゃない。

否定する要素が一つだけあった。

（わたしはお前の隣に立ちたい）

ただただ守られたくて、学園都市にまでやってきたわけじゃない。

もし、話そうという気になったとしたら、それはレイフォンに武芸者としての自分を認《みと》めさせてからだ。

「その時は頼《たの》む」

笑みを返し、ニーナは食事を再開《さいかい》した。

「明日からは忙しくなる。そうだ、お前に訓練を付けてほしいと言ってきている連中もいるんだ」

「そうなんですか？」

「この間の戦いで、お前の実力は武芸科全体に知れ渡《わた》ってしまったからな」

そう。レイフォンの隣に立ちたい。

そう思いながらも秘密《ひみつ》にしたいと思う自分を受け入れてくれていることに、ニーナは喜びを隠せなかった。

02　ハイアの決意

ツェルニは都市戦に向けての本格的《ほんかく》な演習《えんしゅう》に突入《とつにゅう》した。

陣形《じんけい》の構築《こうちく》練習から念威繰者《ねんいそうしゃ》による通信索敵網《さくてきもう》の分担《ぶんたん》決め、小隊長の指揮《しき》による都市内での模擬戦闘《もぎせんとう》。長距離射撃専門者《きょりしゃげきせんもんしゃ》による砲撃《ほうげき》部隊の編制《へんせい》等、やるべきことはたくさんある。

さらに個人《こじん》での実力向上のための訓練会も、傭兵団《ようへいだん》を講師《こうし》として迎《むか》え入れ、各所で行われていた。

暴走《ぼうそう》から立ち直ったツェルニは汚染獣《おせんじゅう》と遭遇《そうぐう》することもなく、平穏《へいおん》でありながら熱気に満ちた日々が送られていた。

そんな中、レイフォンはナルキを伴《ともな》って練武館《れんぶかん》を訪《おとず》れていた。

「しかし、いいんだろうか？」

放課後の練武館。対抗戦が終わったとはいえ、小隊での訓練は続けられている。パーティションで区切られた壁《かべ》からは、以前ほどではないにしろ激《はげ》しい練習の音が響《ひび》いてきていた。

「いいみたいだよ。隊長に確認《かくにん》したけど、問題ないって」

第十七小隊自体は、今日は練習をしていない。ニーナは各小隊の隊長たちによる練武会に参加し、シャーニッドは砲撃部隊の編制のために呼《よ》び出されている。フェリも念威繰者どうしの役割《やくわり》分担についての講習が行われるため、嫌《いや》そうな顔をしながら参加していた。わからないのはダルシェナだが、彼女は最近個人練習に没頭《ぼっとう》しているようなので、おそらく練武館にはいないだろう。

「しかし……」

そんな中でレイフォンはナルキを連れて練武館を歩く。

「心配してるのって時間の方？」

「いや、課長から都市戦に向けて、練習時間を増《ふ》やすようにと言われてしまっているから、そちらは気にしなくてもいいんだが……」

「じゃあ問題ないと思うよ」

レイフォンたちは第五小隊の訓練室に向かっていた。

「しかし、第五小隊の隊長はレイとんと……」

レイフォンとゴルネオは同じグレンダンの出身であり、二人の間に確執《かくしつ》があることをナルキにはすでに話してある。

レイフォンは、ナルキの訓練をゴルネオに頼もうと思っているのだ。

「でも、化錬剄《かれんけい》を教えるとなると、武芸科ではあの人が一番だと思うしね」

以前、ナルキがニーナと戦った時、レイフォンは化錬剄を覚えるのがナルキのためになるのではないかと考えた。取り縄《なわ》と打棒《だぼう》を使ってのトリッキーな戦い方が主体となるナルキだ。そこに変幻自在《へんげんじざい》を旨《むね》とする化錬剄が加われば、ナルキ自身の戦法の幅《はば》が広がる。

「僕も少しは化錬剄を使えるけど、せっかくうまい人がいるんだから、その人に教えてもらった方が得だよね」

ここに来る前にもした会話だ。

ナルキはしみじみとレイフォンの顔を見、溜息《ためいき》を吐《つ》いた。

「なんというか、意外に図太いな、レイとんは」

「え？　そう？」

「そうでないと、こんなこと考えても実行しようとは思わないぞ」

「でも、せっかくの学園都市なんだし、もったいないと思うんだけど」

「いや、だからそういうところがな……もういい」

もう一度溜息。だが、今度は気を取り直すための深呼吸《しんこきゅう》だったようだ。

「あたしだけ緊張《きんちょう》しているのが馬鹿《ばか》みたいだ。行こう」

ナルキが頷《うなず》き、レイフォンは第五小隊のドアをノックした。ニーナが参加した練武会にゴルネオが参加していないのは聞いているし、すでにここにいることも確認《かくにん》している。ドアの向こうからの返事に、レイフォンはノブを回した。

第五小隊の訓練室にはゴルネオとシャンテだけがいた。

「なんの用だ」

「お願いがあって来ました」

レイフォンを見て苦い顔をしたゴルネオに、動じることもなく用件を伝える。隣に立っているナルキの方が緊張した様子を見せていた。

用件を聞いて先に反応《はんのう》を見せたのはシャンテだった。

「なんでお前の仲間に教えなきゃいけないんだ！」

牙《きば》をむいて威嚇《いかく》するのだが、レイフォンは慌《あわ》てない。

「でも、同じ都市を守る武芸者《ぶげいしゃ》でもあるんですけど」

「そんなの関係あるか！」

そうはっきりと言えるシャンテも凄《すご》い。レイフォンは苦笑《くしよう》を浮《う》かべてゴルネオを見た。

「あなたが断《ことわ》るのなら、無理にとはいいませんけど」

「……どうして、お前が鍛《きた》えない？」

「化錬剄の専門《せんもん》は、ツェルニだとあなたですから。僕は、技《わざ》は教えることはできても基本《きほん》は無理です」

レイフォンがするのは、技を行う際《さい》に起きる剄の流れを読み取り、それを再現《さいげん》することだ。再現を繰《く》り返すうちにコツを摑《つか》み、自分の技にするのだが、化錬剄は剄の流れを見るだけではできない技が多い。レイフォンが化錬剄の基本を誰かに教えてもらったわけではないのがその原因《げんいん》でもある。

到底《とうてい》、人に教えられるものではない。

「独力《どくりょく》で化錬剄を使うか、化《ば》け物め」

そう説明すると、ゴルネオにさらに渋《しぶ》い顔をされてしまった。

「ほとんど使えませんよ」

「蛇流《じゃりゅう》も使えるんだろう？　それに咆剄殺《ほうけいさつ》、千人衝《せんにんしょう》も使えるな」

どうやら、この間の試合でのレイフォンの呟《つぶや》きを聞きとっていたようだ。戦闘中の武芸者は内力系活剄《かっけい》によって身体能力を高めているので、それほど驚《おどろ》くことでもない。特に後半の二つはルッケンス格闘術《かくとうじゅつ》の中では秘奥《ひおう》に入るものだから無視《むし》できなかったに違《ちが》いない。

それを習得《しゅうとく》し得た者は、ここ最近では天剣授受者《てんけいじゅじゅしゃ》となったサヴァリスだけだと言われている。

そのサヴァリスはゴルネオの兄でもある。

「あの二つは化錬剄の基本思想に、たぶんそれほど忠実《ちゅうじつ》ではないですよ。化錬剄よりも格闘の部分に重きを置いているから、習得できたんです。その証拠《しょうこ》に本家化錬剄を使うトロイアットさんの技はほとんど盗《ぬす》めないですから。効率化《こうりつか》もできないから使いたくないし」

そんなレイフォンの言葉が気休めになるとは思えないが、それでもゴルネオは頷いた。

「……いいだろう。基本だけだがな」

「ゴルっ!?」

「この都市のためにやることだ」

「ありがとうございます」

「そのかわり」

頭を下げたレイフォンにゴルネオが言葉をかぶせた。

「シャンテを鍛えてもらう」

「え？」

「シャンテは潜在《せんざい》的に剄の量が多い。大量の剄を引き出し制御《せいぎょ》するやり方で、ツェルニでお前の隣に立てる武芸者はいないからな」

同じようなことを言われたら断ることもできない。

「はぁ、わかりました」

仕方がないかと頷くと、シャンテが大声を張《は》り上げた。

「あたしは絶対《ぜったい》に嫌だからな！　なんでこんな奴《やつ》に！」

「シャンテ……」

「なんでゴルじゃないんだよ！」

「説明しただろう。勁《けい》の総量《そうりよう》という点ではお前はツェルニで屈指《くっし》だ。おれをも超《こ》えている。レイフォンに習うのが一番の早道だ」

「うるさい！」

とにかくレイフォンであることが嫌なようだ。小さなシャンテが怒《いか》り狂《くる》うのを、巨漢《きょかん》のゴルネオが宥《なだ》める。その姿《すがた》は親子のようであり、年の離《はな》れた兄妹《きょうだい》のようでもあった。

「あたしはずっと、ゴルに教えてもらってたんだ。他の奴なんか嫌だ！」

「あのう、今日はとりあえず帰りましょうか？」

ただの喧嘩《けんか》のはずなのに、見ているこちらがなんとなく恥《は》ずかしくなってくる。レイフォンはそう申し出た。

「少し待て。……シャンテ、考え方を変えろ」

ゴルネオは深呼吸をして気を落ちつけると、シャンテに耳打ちした。

「……ふうん」

なにを言われたのかはわからない。だが、不機嫌《ふきげん》だったシャンテの表情《ひょうじょう》がみるみる綻《ほころ》び、今度はにやりと笑った。

「そういうことなら、教えてもらってやってもいいぞ」

「そういうことだ」

「はぁ……それじゃあ、いつしましょうか？」

シャンテの態度《たいど》の変化に嫌な予感を覚えつつも、ナルキのことをお願いしたのだから断れない。

「今がいい」

シャンテがすぐに錬金鋼《ダイト》を復元《ふくげん》する。紅玉錬金鋼《ルビーダイト》でできた赤い槍《やり》だ。剄の変化を促進《そくしん》させる赤い宝石《ほうせき》が穂先《ほさき》の中心で輝《かがや》いている。穂先そのものは鋼鉄錬金鋼《アイアンダイト》をベースに粉末状《ふんまつじょう》にした紅玉錬金鋼《ルビーダイト》でコーティングされているのだろう。

「じゃあ、そういうことで」

レイフォンも錬金鋼《ダイト》を抜く。

「レイフォン」

復元《ふくげん》しようとすると、ナルキに肩《かた》を掴《つか》まれた。

「なんだか様子がおかしいぞ」

「うん、そうだね」

　声をひそめるナルキに合わせる。

「いいのか？　もしあたしのために無理をしてるんだったら……」

「大丈夫《だいじょうぶ》だよ」

　ナルキを遮《さえぎ》り、レイフォンは頷《うなず》いた。

「そんなひどいことにはならないよ。二人とも、基本《きほん》はいい人だと思うから」

「いい人って、お前……」

　その場しのぎで言ったのではなく、体感でレイフォンはそう思っていた。シャンテは基本的に一途《いちず》だし、ゴルネオも悪人になりきれないところがある。兄弟子であるガハルドの仇《かたき》を正々堂々ととろうとしているところがそうだ。

「まぁいい。お前がそう言うんなら」

「うん」

　ナルキが下がり、レイフォンは改めて錬金鋼《ダイト》を復元した。青石錬金鋼《サファイアダイト》の剣《けん》を握《にぎ》りしめ、シャンテと正対する。

「剄力を見るんだったら、格闘戦抜きの『押《お》し合い』がいいと思いますけど、できます？」

「馬鹿《ばか》にするな、ゴルに教えてもらった」

確認《かくにん》するとゴルネオが頷いた。

「じゃあ、それで」

言うと、レイフォンは剣を握ったままその場に座《すわ》り込んだ。シャンテも槍を抱《かか》えて座る。

「そちらの好きなタイミングでどうぞ」

「いくぞ！」

シャンテが声を上げ、むんと唸《うな》る。レイフォンの目には渦《うず》を巻《ま》きながら煙《けむり》のように溢《あふ》れ出る剄が見えた。

「…………」

レイフォンも剄を全身から発する。

二人の発した剄はお互《たが》いの錬金鋼《ダイト》に流れ込み、収束《しゅうそく》していく。放たれることなく蓄積《ちくせき》されていく剄は錬金鋼《ダイト》をそれぞれの色で輝《かがや》かせる。

最初は淡《あわ》く、やがて濃度《のうど》を増《ま》し、鮮烈《せんれつ》な青と紅《くれない》とになる。

「いつでもどうぞ」

「うるさい！　話しかけるな！」

怒鳴《どな》り返し、シャンテはさらに剄を錬金鋼《ダイト》に蓄積《ちくせき》させていく。

やがて赤光は熱を帯び、槍の周囲を朧《おぼろ》げに揺《ゆ》らした。

シャンテがかっと目を開く。

「炎剄将弾閃《えんけいしょうだんせん》！」

跳《は》ねるように立ち上がり、レイフォンに向かって槍を振るう。穂先から凝縮《ぎょうしゅく》された剄が炎気と化して襲《おそ》いかかった。

「押し合いだって言ったのに」

呆《あき》れて言いながら、レイフォンはそのままの姿勢《しせい》で剣を前にかかげた。青色の剄光を帯びた剣は、レイフォンの眼前《がんぜん》で炎の塊《かたまり》を受け止める。

「レイフォン！」

後ろでナルキが叫《さけ》ぶ。だが、熱気はレイフォンの顔にまで届《とど》いていない。熱の起こす気流の乱《みだ》れが髪《かみ》を揺らすのみだった。

凝縮させた剄の塊を剄力だけで受け止め、跳ね返す。それが押し合いと言われる訓練法だ。グレンダンでは知られた訓練方法で、実際《じっさい》に養父であるデルクも行うし、ゴルネオの実家であるルッケンスでも行われている。

しかし他の都市でこれが行われているのかどうか、レイフォンは知らない。押し合いの訓練をここに来て見たことがないので、もしかしたらグレンダンだけのものなのかもしれないし、元々ある程度《ていど》の実力のある武芸者同士で行う訓練法でもあるので、学園都市では普及《ふきゅう》していないだけなのかもしれない。

（ふうん……）

シャンテの剄を受け止めながら、レイフォンは内心で感嘆《かんたん》した。

目の前の小さな武芸者と戦ったのは小隊戦の時と廃都《はいと》の時の二回だ。片方《かたほう》はすぐに決着をつけたし、廃都ではシャンテの特異《とくい》な運動能力《のうりょく》に目が行っていたので、剄にはそれほど注意を向けていなかった。シャンテ自身、動くことを優先《ゆうせん》して剄を練るのを怠《おこた》っていたところもあった。

確かにゴルネオが言うだけの剄力がある。

剄力の一点だけなら本人も認《みと》めている通りゴルネオを超《こ》えているだろう。いまもなお剄を注ぎ込み続けられている炎気はその勢《いきお》いを強め、レイフォンの防御《ぼうぎょ》を破《やぶ》ろうとじりじりと圧力《あつりょく》を強めている。

それに合わせる形でレイフォンも剄を注ぐ。

跳ね返そうと思えばいつでも跳ね返すことができる。ゴルネオの言う通り剄の総量《そうりょう》は多いものの、制御《せいぎょ》できずに垂《た》れ流している部分も多い。注ぎこめた分にしても炎気へと変化する際《さい》に無駄《むだ》に浪費《ろうひ》している。

シャンテの化錬剄《かれんけい》は力任《ちからまか》せの部分がある。コップに水を注ぐのにバケツ一杯《いっぱい》の水を全力でぶちまけているような印象だ。そしてそれが許《ゆる》されるのもシャンテの剄が膨大《ぼうだい》だからこそだ。レイフォンが化錬剄を使う場合に似《に》ている。

(ちゃんと教えを守ってれば、もっとうまくできるだろうに)

跳ね返すのもかき消すのも簡単《かんたん》だ。押し合いには押し合いの技術《ぎじゅつ》がある。それを使えば簡単に終わるが、レイフォンはあえて受けきってみせることにした。シャンテがどれだけできるかを見るためだ。

目の前の炎気は時間とともに膨張《ぼうちょう》していく。

(火事になるね)

練武《れんぶ》館《かん》自体はあらゆる状況《じょうきょう》を想定して造《つく》られているので丈夫だが、このまま熱が上がれば防火装置《そうち》が働いてしまう。頭上から消火剤《しょうかざい》を散布されてもかなわない。レイフォンの剄は膜《まく》のように広がって炎気を包み込み、熱の拡散《かくさん》を防《ふせ》いだ。

「ぐ、ぎぎぎ……」

シャンテが歯を噛《か》みしめ、睨《にら》みつけてくる。ここまでの剄を一度に出したことはないのだろう。底力はあってもそれを出し切ることに慣《な》れていなければ、体力が追い付かない。

徐々《じょじょ》にシャンテの勁の流れに乱れが見え始め、勢いも弱まっていく。

（頃合《ころあ》いかな）

レイフォンの勁が動きを変える。炎気を包み込んだ勁がそのまま速度を増し、複雑《ふくざつ》な潮《ちょう》流《りゅう》を作る。無数の大渦《おおうず》が生まれ、炎気はその中に巻き込まれ削《けず》られていく。

「ぎゃっ」

シャンテが悲鳴をあげて尻《しり》もちをついた。勁の供給《きょうきゅう》を断《た》たれた炎気は急速にしぼんでいき、完全に消えた。

「普通《ふつう》に勁を出してれば、もう少しもったのに」

「う……うるさい」

ふらふらになりながらもシャンテは立ち上がる。

「今日はもう無理ですね。明日もします？」

「当たり前だ！」

体力の方を心配したが、噛みつく気力を失っていないのだから大丈夫《だいじょうぶ》だろう。

「じゃあ、今度はナルキの方をお願いします」

こうして、ナルキの化錬勁の訓練が始まった。

†

その日、ハイアは一日考え事をしていた。

ミュンファが話しかけても返事はない。黙然《もくねん》とした姿《すがた》には重苦しい雰囲気《ふんいき》があり、重ねて声をかけることができなかった。

普段《ふだん》なら気軽に声をかける他の傭兵《ようへい》たちも、ハイアのその様子に遠慮《えんりょ》をする。

傭兵団《だん》は一つの家族でもあった。独自《どくじ》の放浪《ほうろう》バスを使って長い間旅をし、どこかの都市に雇《やと》われて戦い、そしてまた放浪バスで守ってくれるものの存在《そんざい》しない汚染物質《おせんぶっしつ》に包まれた荒野《こうや》を進む。

傭兵団は一つの運命共同体であり、それだけに仲間たちの間には家族に似《に》た濃《こ》いつながりが生まれてくる。

ハイアは若《わか》い。先代に拾われ、その手からサイハーデンの刀術《とうじゅつ》を学び、彼の死後、その後を継《つ》いだ。傭兵団のほとんどがハイアの成長を見てきた。彼らはハイアに若き長《おさ》であると同時に、我《わ》が子、弟のような感覚を抱《いだ》いてもいた。

その彼らが、ハイアの様子に声をかけることもできない。

ハイアの姿は放浪バスの屋根の上にあった。都市にいる時、時間があればこの場所にい

る。ハイアは都市の用意する宿泊施設《しゅくはくしせつ》を使うことは少なく、好んで放浪バスに残る。いつもならその隣《となり》に当たり前のように立つことができるミュンファも、今日はハイアの背《せ》を見るばかりで近づくことができなかった。

「そっとしておけ」

乾燥《かんそう》した機械音声に、ミュンファは振《ふ》り返った。フェルマウスが立っていた。傭兵団の念威《ねんい》繰者《そうしゃ》にして、先代の相棒《あいぼう》として戦歴を重ねた古強者《ふるつわもの》であり、ハイアの後見人的立場でもある。

「フェルマウスさん、なにが……」

昨日は機嫌《きげん》がよかったのだ。ツェルニの一年生への教導《きょうどう》をミュンファに押《お》し付け、「レイフォンに喧嘩《けんか》を売ってくるさ〜」と笑って言い、帰って報告《ほうこく》した時も機嫌がよかった。それなのに、一夜明けてみればハイアはじっと押《お》し黙《だま》り放浪バスの屋根から動こうとしない。

「朝早く、本国から手紙が来た」

フェルマウスの言う本国とはグレンダンのことだ。サリンバン教導傭兵団は金で雇われる武芸者《ぶげいしゃ》集団だが、その端《たん》にはグレンダン王家からの密命《みつめい》がある。廃貴《はいき》族探索《ぞくたんさく》、そして捕縛《ほばく》という命だ。

ハイアはツェルニで廃貴族を発見したと手紙でグレンダンに知らせた。

その返事が、今朝帰ってきたということなのだろう。

「本国は、なんて言ってきたんですか？」

「わからない」

フェルマウスは仮面《かめん》で隠《かく》した顔をゆっくりと左右に振った。

「読んだハイアが握りつぶしてそのままだ」

そこには手紙に書かれていたことへのハイアの怒《いか》りがにじみ出ているようにミュンファには思われた。

「少し、時間を置こう」

フェルマウスの手が肩《かた》に置かれ、去るように促《うなが》す。後ろ髪《がみ》を引かれる気分で、ミュンファは何度も振り返った。

ハイアは都市の外を見つめたまま、動こうとはしなかった。

†

訓練は続く。

が、今日の主役は武芸科生徒だけではない。

「非常用《ひじよう》訓練のしおり」

普段の授業日《じゆぎようび》通りに教室にやってきたレイフォンは、配られたしおりのタイトルを棒読《ぼうよ》みした。プリントされた紙束をホッチキスで留めただけのなんとも安っぽい作りだ。入学した時に全学生に非常時行動マニュアルが渡《わた》されているのだが、これはそれから今日必要な部分だけを抜き出した簡易版《かんいばん》ということになる。

「こんなの、もう何回かしたんじゃないの？」

レイフォンが学園に来てから、汚染獣《おせんじゆう》にツェルニ付近にまで迫《せま》られたことが何度かあった。その時に一般《いっぱん》生徒たちのシェルターへの避難《ひなん》は行われている。

最初にあった対幼生体《ようせいたい》戦の時には久《ひさ》しくなかった非常事態《じたい》のために避難遅《おく》れや、誘導《ゆうどう》ミス、迷子《まいご》などによるトラブルが多発し、怪我人《けがにん》が出たという話を聞いたが、前回の時には以前よりもスムーズにいったということだ。

「でも、対都市戦の訓練はしてないだろ？」

「そうそう。対汚染獣戦と対都市戦では対応《たいおう》が違《ちが》うんだよ」

「はぁ、そんなものなんだ」

ナルキとミィフィの言葉に、レイフォンはしおりを開いた。

「てかレイとん、非常時行動マニュアル読んでないの？」

「シェルターの場所さえわかってればいいかなって、地図しか見てないや」

「うわっ、レイとんて意外にずぼら？」

「……ちゃんと、覚えてないとだめだよ？」

メイシェンにまで注意されて、レイフォンはしおりに目を落とした。

グレンダンでは汚染獣戦は多々あったが、戦争はほとんど行われなかった。天剣授受者《てんけんじゅじゅしゃ》になる前に一度、なった後に一度くらいだったか？　記憶《きおく》を掘《ほ》り返しても、「あった気がする」ぐらいのことしか思い出せない。天剣以前の時は幼《おさな》かったので戦闘《せんとう》要員として数えられることもなかったし、なった後もレイフォンに出撃《しゅつげき》が命じられることはなかった。

天剣は一人しか戦争に出なかったのだ。

（そういえば、くじ引きで決めたっけ？）

陛下《へいか》の用意したこよりのくじ引きで決めたのだ。

当たりくじを引いたのは、リンテンスだった。

戦いが午前中のうちに片《かた》がついたのは言うまでもない。

「対都市戦は対汚染獣戦とは違う。都市内戦闘《せんとう》が基本《きほん》になるし、そのための防衛《ぼうえい》兵器も動く。防衛兵器の位置がわからなければいざという時の作戦に対応できないし、誤《あやま》って自軍の罠《わな》にかかってしまう可《か》能性《のうせい》も出てくる。今回の訓練はそれを覚えるために必要なことなんだぞ」

「でも、いざ戦いになったら、レイとんは相手の都市に攻《せ》め入る方だろうから関係ないかもね」

「そんなにうまくいけばいいけどな」

ナルキがそう言って息を吐《つ》く。このところ毎日、練武館《れんぶかん》のゴルネオの所で化錬剄《かれんけい》の訓練に通っているから疲《つか》れが見えてきている。

その時、廊下《ろうか》の非常ベルが鳴り響《ひび》いた。

「ひゃっ」

「はじまったね～」

いきなりの音にメイシェンが体を震《ふる》わせ、ミィフィがのんびりと呟《つぶや》いた。雑談《ざつだん》の声に埋《う》もれていた教室が別のざわめきに支配《しはい》される。クラス委員長がまず先に立ち上がり、一般《いっぱん》生徒を廊下《ろうか》へと先導《せんどう》するために声を上げる。

「外縁部《がいえんぶ》B区より都市接近《せっきん》を確認《かくにん》！　接触《せっしょく》までの予測《よそく》時間は一時間！」

非常ベルの合間を縫《ぬ》って、その言葉がスピーカーから繰《く》り返される。

今回は山岳地帯《さんがくちたい》が邪魔《じゃま》をして発見が遅《おく》れたという状況設定《じょうきょうせってい》だ。視界《しかい》が開けた場所でならば数日単位で準備《じゅんび》に余裕《よゆう》をもたせることができると言われている。

「じゃ、行ってくる」

ナルキが立ち上がり、レイフォンもそれに倣《なら》った。

「気を付けてね」

メイシェンの言葉に、レイフォンとナルキは頷《うなず》き返した。

「こっちはひとっ飛びだよ、メイシェンたちこそ、気を付けて」

「非常訓練で怪我なんてするわけないって」

ミィフィが笑い、レイフォンたちは開け放たれた教室の窓《まど》から飛び出した。

先に跳《と》んだナルキを追う形でレイフォンも宙《ちゅう》を行く。外力系衝剄《しょうけい》よりも内力系活剄《かっけい》の得意なナルキだ。一年ながらもその跳躍《ちょうやく》は鋭《するど》い。他にいた一年の武芸科《ぶげいか》生徒たちを次々と追いぬき、その差を広げていく。

武芸科生徒たちが屋根から屋根へと一つの方向に向かってはね跳んでいく光景は、いっそ壮観《そうかん》だった。

「フェリ先輩《せんぱい》を拾ってくるよ」

ナルキの背《せ》に声をかけると、レイフォンは次の跳躍で方向を変えた。向かうのは二年の校舎《こうしゃ》。念威繰者《ねんいそうしゃ》は武芸者でも、その運動能力は一般人と変わりはない。移動《いどう》には手間取る。

しかもフェリは小隊員でもあるから、重要な役割《やくわり》を任《まか》せられる。

二年校舎の正面玄関《げんかん》前に着地すると、タイミングよくフェリが姿を見せた。

「良いタイミングですね」

「偶然《ぐうぜん》です」

言って、レイフォンはやってきたフェリを両腕《りょううで》で抱《だ》きかかえた。小柄《こがら》なフェリだ。軽い。

「跳びます。首に気を付けて」

「上手にエスコートするのが一流の紳士《しんし》だそうですよ」

高速移動の勢《いきお》いに注意を促《うなが》したのだが、思いもしない涼《すず》やかな反撃にレイフォンは足から力が抜けそうになった。

それでも、跳ぶ。

フェリの銀髪《ぎんぱつ》が風に躍《おど》った。

「体の方は大丈夫ですか？」

先日にあった汚染獣《おせんじゅう》との連戦で、フェリは過労《かろう》によって倒《たお》れていた。

「ゆっくりと休ませてもらいましたから、もう心配はありません」

風にかき消されるのも構《かま》わず、フェリは普通《ふつう》の声音《こわね》で答える。レイフォンの耳には届《とど》いていた。

「それよりも、フォンフォンの方こそ大丈夫なんですか？　ずいぶんと無茶をしていましたが」

「同じくゆっくりさせてもらいましたから」

「そうですか？」

フェリの疑問《ぎもん》は、ここ最近の訓練のことを言っているのだろう。レイフォンに個人《こじん》的訓練を付けてもらいたがる武芸科生徒は日に日に増えていた。最初はニーナに仲介《ちゅうかい》を頼《たの》んでいたものだが、ニーナも小隊長たちによる戦術《せんじゅつ》研究や作戦会議で忙《いそが》しい。最近は直接《ちょくせつ》申し込んでくるようになった。

レイフォンもその度《たび》ごとに場所を探《さが》す苦労をするのも面倒《めんどう》で、三日に一度、放課後の体育館で行うということにし、来たい人はご勝手にということにした。

「そちらはどうということもないです」

「それならいいんですけど」

フェリもそれ以上は口にしなかった。

レイフォンが全力で行う高速移動が起こす風圧《ふうあつ》や衝撃《しょうげき》は、念威繰者のフェリにはそれこそ大怪我になりえる。もちろん、人を抱《かか》えて全力など出すつもりもないが、フェリはじっと、レイフォンの胸《むね》に頭を預《あず》ける形で動かなかった。

その分、動きやすい。すぐにナルキに追いついた。

Bと割り振られた外縁部には武芸科生徒たちがぞくぞくと集まりつつある。もちろん、ここに全生徒が集結するわけではない。ここに集まるのはいわば前線部隊であり、都市内の防衛を目的に各所に設定《せってい》された集結点に集まる者たちもいる。一年生の多くは防衛部隊に回される。さらに編制《へんせい》が本格的に決まれば前線部隊とは別動の攻撃部隊も別の場所に集まることになるだろう。

「来たか」

ニーナの姿はすぐに見つかった。到着《とうちゃく》したのはレイフォンたちとそれほど差はないようだ。すぐにシャーニッドとダルシェナも加わり、第十七小隊が揃《そろ》う。

そこにさらに、第十七小隊が指揮《しき》する予定の武芸科生徒たちが集まってくる。

整列する彼らの姿を見ながら……

(準備《じゅんび》は終わったかな?)

そう感じるものがあった。

(後は、来るだけ……)

だが、それはいつになるのだろうか? 外縁部から見える外の景色には、いまだ荒野《こうや》しかない。

ハイアが放浪《ほうろう》バスの屋根から姿《すがた》を消したのは、昼食時のやや前だった。旅行者のいる宿《しゆく》泊《はく》施《し》設《せつ》区画にも、ツェルニが行っている非常事態《ひじょうじたい》訓練の熱気は伝わってきていた。

その熱気にサリンバン教導傭兵団《きょうどうようへいだん》が関《かか》わっているのだということを、ハイアは一人ぶらりと人気のない通りを歩きながら思い出した。

†

ハイアの姿はその熱気に吸《す》い寄《よ》せられるように、区画を分ける壁《かべ》を飛び越《こ》えていた。監《かん》視《し》の目など、ハイアほどにもなれば簡単《かんたん》にごまかすことができる。

正午《しょうご》を知らせる時報《じほう》が鳴った。

非常事態訓練の熱気も、その音に合わせるかのように冷めようとしている。実際《じっさい》の戦闘《せんとう》を交《まじ》えるのではなく、対都市戦が始まった時に自分たちがどのように動くべきなのかを把《は》握《あく》しておくための訓練だ。二、三時間もあれば終わる。

ハイアの頭の中にはずっと、今朝届《とど》いた手紙の内容《ないよう》が繰《く》り返されていた。

グレンダンの女王、アルシェイラ・アルモニスの署名《しょめい》がなされたその手紙は、いままでのハイアたち傭兵団の働きを褒《ほ》め、労《ねぎら》い、グレンダンに戻《もど》るならば相応の報酬《ほうしゅう》と地位を与《あた》えると約束した。

その上で、最後の一文を付けたのだ。

『そちらに剣《けん》を一振り送る。後のこと、その剣に任《まか》せよ』

「ふざけるな」

思い出し、ハイアは呟《つぶや》いた。

それは、ハイアに廃貴族《はいきぞく》の捕獲《ほかく》ができないと判断《はんだん》されたということだ。だが、その判断が、ハイアを侮《あなど》って下されたものだとは考えづらい。いや、手紙を受け取る側がハイアだったとしても、発見の報のみが書かれた手紙を読めばそう考えるかもしれない。いつ届くかもわからない手紙だ。発見と同時に捕獲の行動を起こすのは当然だ。そしてそのために、グレンダンは傭兵団に自前の放浪バスを与えている。

それなのに、発見のみの報だ。

ツェルニで見つけたという事実も、そう考えられた一因《いちいん》だろう。追い出した天剣授受者《てんけんじゅじゅしゃ》がどこに向かったかを知らないままでおくなんてことはないはずだ。レイフォンがいることを承知《しょうち》しているに違いない。

レイフォンが阻止《そし》する側に回ったと考えられたか？

そして、レイフォンに傭兵団が負けたと判断されたか？

だからこそ、天剣授受者を一人送ることを決めたのか？

「おれは、負けたつもりはないさ」

低く呟《つぶや》き、拳《こぶし》を握《にぎ》り締《し》める。今朝から体中を支配《しはい》している怒《いか》りが再燃《さいねん》していく。

確《たし》かに一度戦い、刀を折られた。

だが、ハイアは生きている。生きているならば負けたわけではない。

それが、ハイアの考えだ。傭兵という都市から都市に戦いから戦いに転々とする生き方の中で培《つちか》ったハイアの考え方だ。

殺せなかったのはレイフォンが甘《あま》いからだ。若《わか》くして天剣授受者というグレンダンでの最高位の地位と名誉《めいよ》を得ながら、その甘さで地位を奪《うば》われ、汚名《おめい》を被《かぶ》り、都市を追い出されている。

そして、その甘さがレイフォンに刀を握らせない。彼の本領《ほんりょう》たるサイハーデンの刀技を使わせない。

そんな奴《やつ》に負けるはずがない。

「そろそろ、遊びの時間は終わりさ」

決着をつけなくてはならない。握りしめた拳を開きながら、ハイアは考えていた。手紙はおそらく、天剣と同じ時期にグレンダンを発《た》ったはずだ。天剣と同じルートを辿《たど》らなかったために早くツェルニに届いたのだろうが、すぐそばまで来ていることは事実だ。

天剣授受者同士の戦いが起きるのか？

それを見てみたいという欲《よく》が、ちらりとハイアの胸《むね》で火をおこした。だが、すぐにかき消す。

レイフォンを倒《たお》すのは、自分だ。

廃貴族は譲《ゆず》ってもいい。正直、グレンダンが固執《こしゅう》する廃貴族にハイアはなんの魅力《みりょく》も感じていない。強さとは自らの腹の中に収《おさ》まり、腹の中で膨《ふく》らませるものだと養父に教えられている。それ以外のものは利用するか協力するかどちらかによって動き、時に利し、時に害となる。故《ゆえ》に心を許《ゆる》せる最大級の存在《そんざい》は仲間なのだ。

だが、廃貴族はそうではない。廃貴族という不可解《ふかかい》な力はその動かし方を知っている者が勝手に使えばいい。

レイフォンを倒す。

そのことにのみ専心《せんしん》する。

そう考えると、胸の奥《おく》に燃《も》える炎《ほのお》がすっきりとした物になった気がした。アルシェイラから受けた侮りに対する怒りが炎の源《みなもと》から消え、ただレイフォンへの敵愾心《てきがいしん》のみに収束《しゅうそく》したからだろうか。

（どちらにしたって気持ちのいいもんじゃないさ）

皮肉げに唇《くちびる》を歪《ゆが》ませる余裕《よゆう》も出てきている。

どちらであろうと、怒りのみでなにも考えられなくなっていた時よりははるかにましだ。放浪《ほうろう》バスの上でじっと動かなかったのは、怒りに任せてレイフォンのところへ殴《なぐ》り込みに行こうとしていた自分を必死に抑《おさ》えていたためだ。今朝のままの精神状態《せいしんじょうたい》で勝てるとは思えない。怒り狂《くる》いながらも、冷静に状況《じょうきょう》を観察することがハイアにはできる。

それがいままで必死に怒りを抑えていたのだ。

その我慢《がまん》も限界《げんかい》が近づき、こうして動きだしていたのだが、なんとか怒りの方向を定めることで落ち着きを取り戻すことができた。

だが、無闇《むやみ》な暴挙《ぼうきょ》を止めたからといって一度定めた目的を取りやめるということもない。

レイフォンは倒《たお》す。その時がやってきたのだ。これ以上遅《おく》らせれば、グレンダンからの天剣授受者が到着《とうちゃく》する。そうなればハイアの出る幕《まく》はなくなってしまうだろう。そうでなくとも、グレンダンから背信行為《はいしんこうい》ととられる可能性《かのうせい》が出てくる。ハイア一人のわがままに傭兵団《ようへいだん》の連中を巻《ま》き込《こ》むことはできない。

「さて、問題はどうやってレイフォンを戦いの場に引きずり込むか……さ」

目の前に出て一騎打《いっきう》ちを仕掛《しか》けるのも手だが、それだけであの甘ちゃんが受けて立つかどうかは怪《あや》しい。

そこで、ふと頭に浮《う》かんだ考えがあった。
浮かんだのは、この前まであった汚染獣《おせんじゅう》との連戦だ。
あの中で、レイフォンは必死に戦い続けていた。
一体、なんのために？
「ああ、考えるだけ無駄《むだ》ってやつか」
なにしろ、甘ちゃんだからな……
(見つけたぞ。なにをしているんだ？)
その時、ハイアの耳元から声がした。念威端子《ねんいたんし》がすぐそばを漂《ただよ》っている。
声は、フェルマウスからだった。
「ちょうどいいさ。相談があるんだけど」
(……その様子だと、ろくでもないことを考えているな)
念威端子からノイズのようなため息が聞こえてきた。
ハイアはにやりと笑った。
「虚仮《こけ》にされた意地を通すのさ～」
笑いながら、ハイアはフェルマウスに作戦を話した。
(悩《なや》んだ挙句《あげく》に出した答えがそれか……)

作戦を聞いたフェルマウスの声は苦り切っている。

「どちらに転んだって、ここにいる理由はもうない。それなら好きにやらせてもらうさ～」

（手紙の内容《ないよう》がそうなのなら、たしかに私たちが廃貴族《はいき》捕獲《ぞくほかく》に奔走《ほんそう》する理由はないな。ツェルニの暴走《ぼうそう》が収《おさ》まって以来、その行方《ゆくえ》も知れない。元の傭兵の仕事に戻《もど》るのもいいだろう。だが、その前にやらなければならないこともある）

「……？　なにさ？」

（忘《わす》れるな。サリンバン教導傭兵団の結成理由を）

「ああ……」

前述《ぜんじゅつ》したとおり、傭兵団は初代団長であるサリンバンがグレンダン王家から廃貴族探索《たんさく》の密命《みつめい》を受けて結成された傭兵団だ。傭兵たちは皆《みな》、そのことを承知《しょうち》した上で傭兵団に所《しょ》属《ぞく》している。

彼らがなぜそれを承知し、その存在が不確定なものを追いかけることに納得《なっとく》しているかといえば、廃貴族を発見、捕獲した暁《あかつき》にはグレンダンから破格《はかく》の報酬《ほうしゅう》が得られることを知っているからだ。グレンダン出身の武芸者《ぶげいしゃ》ならばともかく、他の都市から仲間となった傭兵たちには忠義《ちゅうぎ》よりも実利の方が魅力《みりょく》的に映《うつ》って当然だ。

そして、アルシェイラからの手紙には発見の報だけで十分だというニュアンスがある。捕獲までいたっていない以上、報酬の額《がく》は減《へ》らされるかもしれないが、それでも魅力的な額となるだろう。

ここでハイアたちが手を引くのもいいだろう。

だがそうなると、傭兵団は結成した理由を消化したことになる。グレンダン出身の武芸者たちは帰還《きかん》することを望むかもしれない。

報酬を得た他の連中も、これ以上危険《きけん》な傭兵稼業《かぎよう》を続ける気が失《う》せるかもしれない。

「傭兵団《うち》がなくなるかもしれない、か……」

いまさら、そんな事実を改めて言わなくてもいいだろうに。ハイアはフェルマウスを恨《うら》んだ。

(まさか、忘れていたとは思わないが、その事実を無視《むし》しているようだったからな)

「忘れてるわけないさ。ただ……」

(ハイア……)

フェルマウスの声が諭《さと》すように響《ひび》いた。

(お前は昔から聡《さと》い子だった。こちらの考えていることを察して動くことができた。実力があることは当たり前だが、それがあったからこそ、リュホウはお前に傭兵団を任《まか》せたし、

私たちもそれを承認《しょうにん》した。だが、ツェルニに来てからのお前の行動はなんだ？　やる気があるとは感じられん）

「やる気ならあるさ」

（違《ちが》うな）

感情《かんじょう》を反映《はんえい》しないフェルマウスの機械音声は、ハイアの言葉を切り裂《さ》いていく。

（お前は、心のどこかでそうなることを恐《おそ》れている。だからこそ、お前はレイフォンに戦いを挑《いど》んだ。嫉妬《しっと》もあったろう。だが、いつものお前ならそれを無視《むし》することもできたはず。事実、彼を刺激《しげき》する必要などどこにもなかった）

「それは……」

あの時にもフェルマウスに叱《しか》られた。弁解《べんかい》しようのない一事だ。

（いや、お前がレイフォンと決着をつけたいというのならそれもいいだろう。だが、お前はサリンバン教導傭兵団の団長だ。先を見て動け）

その言葉を残してフェルマウスの念威端子が離《はな》れていく。

「わかってるさ〜、そんなことは……」

風に流れるように去っていく念威端子を見送りながら、ハイアはさらに呟《つぶや》いた。

「だけどさフェルマウス。あんたはまだまだ、おれを知らないさ」

その手は、腰《こし》の錬金鋼《ダイト》を握《にぎ》りしめていた。

†

解散《かいさん》の後、レイフォンたちは第十七小隊の皆で昼食を済《す》ませた。

「そろそろこの訓練期間も終わるな」

食後のお茶を飲んでいたダルシェナがそう呟いた。

「これでいつ来ても対応はできるだろうが、できれば早い時期に来てほしいな」

「そうだな」

ダルシェナの言葉にニーナが頷《うなず》いた。

「士気が高いうちに来てくれればありがたい。時間が経《た》てば経つほど、緊張《きんちょう》の糸も緩《ゆる》んでしまう」

「ま、毎日こんなことやらされてたら、しんどくて仕方ないしな」

ダルシェナが頷く横で、シャーニッドが茶化す。そのシャーニッドも、先ほどまでの訓練で遠距離《えんきょり》射撃《しゃげき》を担当《たんとう》する武芸科《ぶげいか》生徒たちと狙撃《そげき》に適《てき》したポイントを検討《けんとう》しあって都市中を走り回っていた様子だ。

「お前は……」

ニーナとダルシェナが揃《そろ》って渋《しぶ》い顔をする。

「いつ来るかわかんねぇのに、いまさらこんなことやってる方が遅いんだって」

「だが例年、小隊対抗戦が終わるこの時期に都市戦が起こるそうだからな。電子精霊《せいれい》同士で、なんらかの話し合いが行われているのかもしれないぞ」

「そういえば、前の時もこんぐらいの時だったか？」

以前の都市戦、武芸大会を経験《けいけん》している三人はそれを思い出して遠くを見た。以前の武芸大会での惨敗《ざんぱい》。それがあるから、今のツェルニの苦境《くきょう》がある。あの時の屈辱《くつじょく》を晴らす。形は違《ちが》うかもしれないが、そういった思いが三人の中にあるのをレイフォンは見た気がした。

レイフォンやナルキは一年生だし、フェリは二年生だ。前回の武芸大会のことは話を聞くだけでしか知らない。

「勝てますよ。今度は」

レイフォンがそう励《はげ》ます。

「ああ、勝つさ」

ニーナがレイフォンを見て微笑《ほほえ》んだ。

「お前さんがいるからな。楽に勝てると信じてるぜ」

「そういう他力本願は思ってても口に出すな。恥知らずが《はじし》」

ダルシェナがシャーニッドを叱《しか》り、笑いが起こる。

和《なご》やかな空気が、その時まではあった。

「……今の会話の、なにが面白《おもしろ》いのですか？」

冷めきった言葉が、その場にあった空気を鋭《するど》く切り裂いた。

呟いたのは、フェリだ。手にしていた陶器《とうき》のカップを置き、ニーナたちの視線《しせん》を真っ向から受け止める。

「フェリ……？」

「どこが面白かったのか、教えていただけませんか？　他人の強さ任《まか》せの気分のどこに面白いところがあったのか、わたしにはまるで理解《りかい》できませんが」

フェリの静かな表情とは正反対に燃《も》えるような怒《いか》りが言葉から滲《にじ》み出ていた。

「先輩《せんぱい》、なにもみんな、本気で言ったわけではないですよ」

レイフォンが取り成したが、フェリは聞く耳を持たなかった。

「いや、たしかにわたしたちが軽率《けいそつ》だった。すまない」

ニーナが表情を改めて頭を下げる。

だが、それはむしろフェリの怒りに油を注いだだけだったようだ。

「……」

フェリは無言で立ち上がり、そのまま出ていく。

気まずい沈黙《ちんもく》に急《せ》き立てられるようにレイフォンは慌《あわ》ててその後を追った。

「フェリ先輩」

店の外で追いついても、フェリはその足を緩《ゆる》めなかった。

「どうしたんですか？」

それでも辛抱強《しんぼうづよ》く、レイフォンはフェリの隣《となり》を歩いた。

「みんな、悪気があったり楽をしようと思ったりであんなことを言ったわけじゃないって、先輩なら……」

「フォンフォン……」

「……フェリなら、もうわかってるんじゃないですか？」

こんな時にまで言い直されて、レイフォンは周囲を確《たし》かめた。

「シャーニッド先輩は、ああ言うことを言ってしまう性格《せいかく》なだけで、本気で思ってるわけじゃ……」

「あんな人のことはどうでもいいんです」

フェリが口を開いた。

「いまさらあの人の性格なんて、言われるまでもなく承知《しょうち》しています。あの人のことなんてどうでもいいんです。ただ……」

「ただ……？」

「ただ、腹《はら》が立って仕方がないんです」

それがなんに対してなのか。わからないままフェリの横顔を眺《なが》めていると、逆《ぎゃく》に質問《しつもん》をされた。

「フォンフォン、あなたはなにも思わないんですか？」

「え？」

「廃貴族《はいきぞく》のことです」

フェリの口からその名が出て、レイフォンは再び周囲を確かめた。非常時《ひじょうじ》訓練も終わり、今日の授業《じゅぎょう》はこれで終わりになっている。通りはレイフォンたちと同様に昼食を済ませた学生たちで賑《にぎ》わっている。

だが、特にレイフォンたちに意識《いしき》を向けている者はいない。

傭兵団《ようへいだん》が探《さぐ》りを入れている様子もない。レイフォンはフェリに目を戻《もど》した。

フェリは廃都《はいと》で初めて廃貴族と接触《せっしょく》した時、その気配を察知することができた唯一《ゆいいつ》の念《ねん》威繰者《いそうしゃ》だ。ハイアたちサリンバン教導《きょうどう》傭兵団はそのことを知り、一時期フェリに協力を求めてきていた。

そういう経緯《いきさつ》がある。いつまた、フェリがその存在《そんざい》を探知《たんち》するかわからない。彼らの監《かん》視《し》の目がフェリに向けられている可能性《かのうせい》を考えたのだ。

「彼らのことなど気にしても仕方ありません」

レイフォンの意図を察して、フェリは一言で断《だん》じた。

「あの人は……」

それでもフェリは名前を言うのを避《さ》けた。

「どうしてあんなにのんびりとかまえているのですか？」

もちろん、あの人とはニーナのことを指している。

廃貴族に絡《から》んで大変な目にあってきたニーナだが、彼女自身はその問題に対して真剣《しんけん》に目を向けようとしている様子がない。これまで目標として努力してきた武芸《ぶげい》大会が間近に迫《せま》っているとはいえ、あまりに不用心すぎはしないか。

レイフォンだってそう考えている。だが、ニーナはあくまでも武芸大会に集中するようにと返すばかりだ。

「あの人は、わたしたちがどれだけ心配していたかをわかっていないんです」

フェリが苛立《いらだ》たしげにそう吐《は》き捨《す》てた。

ニーナが行方《ゆくえ》不明となっていた時、フェリは自分たちの行動の理由には彼女がいると言った。

二人とも持て余《あま》すほどの才能がありながら、それを自分の意思で使いこなそうとは思っていない。レイフォンはグレンダンでの過去《かこ》があり、フェリは念威繰者にしかなれない自分に疑《ぎ》問《もん》を持ったためだ。

そんな二人が仮初《かりそめ》にでも武芸科に在籍《ざいせき》し、第十七小隊に入っているのは生徒会長であるカリアンの働きかけもあるが、最終的にはニーナの強い意志がそこにあったからだ。

ニーナが行方不明になって初めて、フェリはそう自覚したのだろう。

だからこそ、ニーナの無《む》頓着《とんちゃく》ぶりに苛立ってしまったのだ。

「僕も心配なんですけどね」

このことについては、同じ心配する側のレイフォンに助言できることはなにもない。腹立たしげに文句《もんく》を零《こぼ》すフェリの横でただ頷くしかできなかった。

「でも、さっきのは他の人たちにも悪いですから、謝《あやま》った方がいいですよ」

最後にそう付け加えると、

「嫌《いや》です」

一言で跳《は》ねのけられてしまった。

レイフォンの住む寮《りょう》と、フェリの住むマンションとでは道が途中《とちゅう》で分かれる。そこで別れ、フェリは一人で帰り道を歩いていた。

（馬鹿《ばか》なことをしました）

時間とともに冷静になってくる。わざわざあんなところで怒《おこ》る必要もなかったのではないかと思えて、後悔《こうかい》の念が湧《わ》きあがった。

なにより、あんな言い方ではフェリがどうして怒ったのかなんて伝わりようもないではないか。

レイフォンが思った通りにニーナに対して腹を立てたということもある。

それとももう一つ、フェリやレイフォンがあんなにも思い悩《なや》み、過労《かろう》で倒《たお》れながら戦ってきたことを簡単《かんたん》に流してしまっているように思えたことも原因《げんいん》の一つだった。

話せないと、練武館《れんぶかん》ではっきり言ったことにも腹《はら》が立っている。

拒絶《きょぜつ》されたと感じてしまったのだ。

（本当に、どうかしています）

いまさらながら、第十七小隊がまともに動くようになってから、自分の感情をもてあましている時がある。どうにかしなければと思うのだが、思うようにいかない。

ニーナを心配する自分がいることも事実だ。そしてその心配に対してニーナが応《こた》えてくれているように思えないことに苛立っていることも事実だ。

だがもう一つ、フェリを苛立たせるものがあることも事実なのだ。

（あの人が帰ってきただけで、あんなに安定して……）

レイフォンのことだ。ニーナがいない間は、あんなにも追い詰《つ》められた顔をして余裕《よゆう》なんて欠片《かけら》もなかったくせに、いまでは武芸大会への準備《じゅんび》で他の生徒の訓練に協力するぐらいに余裕を見せている。

ニーナを心配していることも事実だろうが、レイフォン自身はその問題に対して根本的解決《かいけつ》を見出《みいだ》そうとしている様子がない。

（安心してるんだ）

ニーナがいるだけで、レイフォンの精神《せいしん》は安定してしまっている。

そのことに対して、フェリは複雑《ふくざつ》な気分になり落ち着けないでいた。

どうにかしなければ……

そう思いながら、マンションのロビーを潜《くぐ》った。

翌日《よくじつ》、騒然《そうぜん》とする武芸科生徒の中にフェリの姿《すがた》はなかった。

03　二つの画《え》

「あれが、ツェルニ……」

双眼鏡《そうがんきょう》の倍率《ばいりつ》を最大にしてやっと紋章《もんしょう》を確認《かくにん》できる距離《きょり》に、レイフォンのいる都市がある。それはリーリンを不思議な気持ちにさせた。突然《とつぜん》の事態《じたい》に驚《おどろ》きと喜びと、胸《むね》を締《し》め付けるような緊張感《きんちょうかん》が襲《おそ》ってきたのだ。

「あの距離なら一日というところかな？」

背後《はいご》のサヴァリスがのんびりと呟《つぶや》いた。

「明日にはツェルニと戦うっていうことですよね？」

リーリンたちのいまいる都市の名はマイアス。ツェルニと同じ学園都市だ。都市同士による戦争は、自らと同系統《けいとう》の都市同士によって行われている。いままでも、そしてこれからも変わることはないだろう世界の法則《ほうそく》。学園都市は学園都市同士でしか、戦うことがない。

ツェルニを目指して旅をする中、ひょんなことからこのマイアスで足止めを受けることになってしまった。ついさっきまではその不幸を嘆《なげ》いていたというのに、まさかこんな形でツェルニを目にすることになろうとは。幸運に転じたと見るべきなのか、リーリンは決めかねていた。

「そういうことになりますね。まっ、レイフォンが武芸者《ぶげいしゃ》として向こうに参加しているのなら、負ける要素なんてほぼありませんけどね。僕《ぼく》の知るレイフォンならば、の話だけど」

意味ありげなその言い方は、さきほどまでしていた会話となにか関係があるのだろうか？

リーリンはサヴァリスの表情《ひょうじょう》を見る。だが、いつも曖昧《あいまい》な笑《え》みを浮《う》かべる顔から気持ちを読み取ることはできなかった。

「レイフォンは、本当に強かったんですか？」

リーリンの問いにサヴァリスは眉《まゆ》を動かした。意外、と表情が物語っている。

「強くなければ天剣授受者《てんけんじゅじゅしゃ》になれませんよ」

「そう。そうですよね」

それはわかっている。

「わかってるんです。ですけど、いつもそれがしっくりと来ないんです。レイフォンは武芸者で、天剣授受者で、レイフォンがいなければわたしのいた院がなくなってたかもしれない。それはわかっているんです。わかっているのに、いつも、どうしても納得《なっとく》できないんです」

それは単なる自分のわがままなのか。武芸者として道場で一人修練《しゅうれん》を積んでいるレイフォンの姿を見るのは好きなのに、どうしてもそれに戦いの姿を被《かぶ》せることができない。

「レイフォンが強いのは確かですよ。空位だったヴォルフシュテインの決定戦は僕も見ました。その実力を他の天剣たちも認《みと》めた。ああでも、実際《じっさい》に同じ戦場に立ったのは一回だけだったかな……」

呟《つぶや》くと、サヴァリスは記憶《きおく》を掘《ほ》り返すために目を閉《と》じた。

「あれはひどい戦いだった。老生六期。ベヒモトと名付けたあの汚染獣《おせんじゅう》と戦った時のことですよ。僕とレイフォン、そしてリンテンスさん。カウンティアとリバースのコンビを除《のぞ》けば、数少ない天剣授受者による共同戦線であり、苦戦だったな」

再《ふた》び目を開けたサヴァリスは現在《げんざい》ではない場所を見つめて言葉を紡《つむ》いだ。

「ああ……あの戦いはとても……とても楽しかった」

†

戦いの前には空気の匂《にお》いが変わる。その匂いは微細《びさい》にしか変化を感じ取れないにしては刺激的《しげき》で、鼻の奥《おく》に水が流れ込んだような痛《いた》みを伴《ともな》うのが常《つね》だった。

「そうですか？」

サヴァリスのなにげない呟きに可愛《かわい》げのない返事をしたのは、隣《となり》に立つ新しい天剣授受者だ。

レイフォン・ヴォルフシュテイン・アルセイフ。

まだ幼年《ようねん》学校を出たばかりぐらいの年だろうか。これでも天剣授受者となって一年ほどにはなり、幾度《いくど》か単独《たんどく》での汚染獣との戦いを経験《けいけん》している。成熟《せいじゅく》していない幼《おさな》い瞳《ひとみ》には感情の薄《うす》い、暗い色が宿っていた。

「先生は、そんなものを感じますか？」

その隣にいるもう一人の天剣授受者を、レイフォンは仰《あお》ぐように見上げて尋《たず》ねた。

リンテンス・サーヴォレイド・ハーデン。

常に不機嫌《ふきげん》を顔に張《は》り付けた壮年《そうねん》の天剣授受者は、向こうの風景を眺めたまま無精鬚《ぶしょうひげ》を撫《な》でた。

「ないな。そんな感傷《かんしょう》にひたる暇《ひま》があるなら、正拳突《せいけんづ》きを一万回でもしてみたらどうだ？」

「御忠告《ごちゅうこく》ありがとうございます」

リンテンスがこんな態度《たいど》をとるのはいつものことだ。人嫌《ひとぎら》いで有名な彼がまともな返事をするはずもない。だが、そんな彼がなにを思ったか、この少年に自らの秘奥《ひおう》である鋼糸《こうし》の技《わざ》を教えている。

一体、どんな心の変化があったというのだろうか。

「それにしても……」

レイフォンは周囲を見渡《みわた》した。

「こんな場所で、本当にいいんですか?」

三人のいる場所は、グレンダンの外縁部《がいえんぶ》だった。

グレンダンの外縁部は他の都市よりもはるかに広く空間を取っている。汚染獣との遭遇《そうぐう》戦の頻度《ひんど》が高いこの都市では、主戦場がここになりやすいため、武芸者たちが存分に動けるようにできている。

その場所に天剣授受者が三人。決して無意味にいるわけではない。

「デルボネ……あの死にかけが来ると言ったのだ。億に一つの外れもない」

デルボネ・キュアンティス・ミューラ。天剣授受者の一人である念威繰者《ねんいそうしゃ》の言葉で、三人はこの場所にいた。

「しかし、その後にまた眠《ねむ》りに入ったそうで。いっそぽっくりといってしまえば座《ざ》が空くでしょうに」

「その代わりになる者がいなければ空きっぱなしだ」

デルボネは百を数えようかという老女だ。すでに日々の大半を病院のベッドの上で眠りと共に過《す》ごしている身だが、いまだ彼女を超《こ》える念威繰者は現《あらわ》れていないため、彼女はいまだ天剣の座にある。

また、今日のように不意を打つ襲撃《しゅうげき》の時には眠りをやめ、アルシェイラにその報《ほう》を届《とど》けることを怠《おこた》らない。デルボネの座は死ぬまで空かないだろうと言われている所以《ゆえん》だ。

この時点からは未来の話となるが、グレンダンに侵入《しんにゅう》した寄《き》生《せい》型老生体をいち早く察知したのもデルボネの念威だ。

そのデルボネが、今日この場所に汚染獣がやってくると告げたのだ。

三人はそのためにこの場所にいた。

「リンテンスさん、反応《はんのう》はどうですか？」

「ないな」

リンテンスの手にはすでに復元《ふくげん》された鋼《ダ》金《イ》鋼《ト》、天剣が展開《てんかい》されている。革製《かわせい》の手袋《てぶくろ》のような形態だが、指先は意匠《いしょう》の凝《こ》らされた白金で覆《おお》われている。さらにその先には目に見えない幾万《いくまん》幾億本もの鋼糸が展開し、外縁部の外に触角《しょっかく》を伸《の》ばしていた。

その鋼糸たちは、いまだデルボネが予言した汚染獣《おせんじゅう》の姿をとらえていない。

「だが、デルボネの言う通りにベヒモトが来るのなら、出てくるまではわからんな。あれは、鋼糸の死角を突いてくる」

「ああ、そうらしいですね」

ベヒモト。汚染獣に名を与《あた》えるのはグレンダンでも珍《めずら》しいことではあるが、他にはない習慣《しゅうかん》だろう。

汚染獣が名をつけられるにはルールがある。

一つ、強力な老生体であること。

一つ、一度の戦闘《せんとう》で殺せなかった場合。

ベヒモトと名付けられた老生体はかつてグレンダンを襲《おそ》い、そして当時の天剣授受者《てんけんじゅじゅしゃ》が討《う》ち果たせないままに逃亡《とうぼう》を許《ゆる》してしまっていた。

「以前に来たのは俺《おれ》が天剣授受者となる前のことだ。だが、その当時からデルボネは天剣授受者だ。あれがベヒモトだというのなら、そうなのだろう」

リンテンスの言葉を聞きながら、サヴァリスは外縁部から外の光景を見た。

この、グレンダンが周回する地域《ちいき》のどこかに大規模《きぼ》な汚染獣の巣が存在《そんざい》する。そこから無数の汚染獣が現《あらわ》れ、グレンダンに襲いかかる。

それを払《はら》いのけ続けるのが天剣授受者を筆頭とした武芸者たちの役割《やくわり》だ。広い外縁部にはサヴァリスたち三人以外には誰《だれ》もいない。警報《けいほう》は鳴らされ、一般《いっぱん》市民たちはシェルターに退避《たいひ》している。他の武芸者たちは王宮に集結し、いざという時のために待機している。

いざという時、サヴァリスたちが敗れる時。

そんな時は、来ないだろうけれど。

「しかし、都市外装備《そうび》も着けずに外縁部で迎《むか》え撃《う》てとは、陛下《へいか》も大胆《だいたん》な命令をお出しになるものですね」

「戦ってみれば、その理由もわかる」

「へぇ」

「千億の推測《すいそく》よりもただ一つの行動だ。来るぞ」

声の調子を変えることもなく、リンテンスが告げる。

だが、次の瞬間《しゅんかん》にはサヴァリスも、そしてレイフォンも錬金鋼《ダイト》を復元し終えていた。

最初に起こったのは、地面の揺《ゆ》れだ。

「都震……？　いや」

耳をつんざく金属《きんぞく》の悲鳴がすぐその後に続いた。目を向ける必要もなく、もはや風景の一部としてそこで動き続けていたグレンダンの足の一つが、なにか強大な力に押えられ震《ふる》えていた。

「なにか、大きなものが……」

レイフォンがそう呟《つぶや》いた。

瞬間《しゅんかん》、来た。

視界が刹那《せつな》の間をおいて暗褐色《あんかっしょく》の闇《やみ》に覆《おお》われた。巨大《きょだい》な姿が太陽の光を遮《さえぎ》ったのだ。外縁部《がいえんぶ》の縁《へり》に巨大な何かが乗る。それは太陽を遮る本体と繋《つな》がっていた。表面は、まるで無数の岩の塊《かたまり》を泥沼《どろぬま》の中に浮《う》かせているかのように不快《ふかい》な摩擦音《まさつおん》を何重にも折り重ねながら蠢《うごめ》いている。

見上げた先に淀《よど》んだ白色の二つの塊があった。

「……巨人だとでも言いたいのですかね、これは」

サヴァリスが思わずそう呟くほどに、その巨大なものは形だけならば人に酷似《こくじ》していた。似ているといっても幼児《ようじ》が泥で作った人形ほどのものだが。

ちょうど、テーブルの向こう側に人がいるような様子でベヒモトと名付けられた汚染獣が立っている。

「ここまで大きいのは初めてだ」

隣のレイフォンは剣を下げたまま、その暗く沈《しず》んだ瞳《ひとみ》でベヒモトを見上げる。

その顔に不安と恐怖《きょうふ》の色はない。まるで、目の前にある物の、その大きさをただ測っているだけのような顔でベヒモトを見つめていた。

ベヒモトの全身からぼろぼろと零《こぼ》れ落ちてくるものがある。

土だ。地下深い、湿気《しっけ》を帯びた土を全身にくまなく張《は》り付けている。

ベヒモトは地下を移動《いどう》しているのだ。

リンテンスの唯一《ゆいいつ》の死角。それが地下だ。大地は鋼糸《こうし》の動きを阻害《そがい》し、伝える感覚をあいまいなものに変える。

また、並《なみ》の念威繰者《ねんいそうしゃ》では地面の下を移動し続ける存在を感知するのは、それに専念でもしていなければ不可能《ふかのう》だろう。

デルボネだからこそできるのだ。

「さて、じゃあそろそろ片付《かたづ》けようか」

「そうですね」

サヴァリスとレイフォンが同時に頷《うなず》いた次の瞬間、二人は風と化してベヒモトに迫《せま》った。

二人は言い交《か》わしたわけでもなくごく自然に左右に分かれる。

「まずは、その汚《きたな》らしい手を放していただきましょうか」

外縁部にかけた左右の手。グレンダンの足にも相当しそうなその太い腕《うで》に二人の剄《けい》が衝《しょう》突《とつ》する。

外力系衝剄《しょうけい》の変化、剛力徹破《ごうりきてっぱ》・咬牙《こうが》。

外力系衝剄の変化、閃断《せんだん》。

サヴァリスの掌底《しょうてい》がベヒモトの右手首に食い込む。外側からの強力な衝剄と徹し剄による内外同時破壊《はかい》が、猛獣《もうじゅう》が牙《きば》を絡《から》み付かせるがごとくに手首に相当する部分を粉砕《ふんさい》する。

同時にレイフォンの剣が左手首を両断する。

サヴァリスは激烈《げきれつ》に、レイフォンは静謐《せいひつ》に両の手首を破壊した。それによってベヒモトは体勢《たいせい》を崩《くず》し半ば回るようにして傾《かたむ》き、都市の足の間をすり抜《ぬ》けるようにして地面に倒《たお》れた。

（おや、意外に……）

二人してそのあっけない手ごたえに肩透《かたす》かしを食らった。以前の天剣授受者たちが取り逃《に》がし、名を与《あた》えられた汚染獣にしては肌《はだ》の硬度《こうど》もそれほどではなく、なにより鈍重《どんじゅう》すぎる。

「馬鹿者《ばかもの》ども、避《よ》けろ」

リンテンスの声が背後《はいご》から飛んだ。

変化は外縁部に取り残された両手の残骸《ざんがい》で起きた。振り返った二人が見たのは、外縁部に力なく取り残されたそれがすさまじい勢いで膨張《ぼうちょう》する姿《すがた》だった。

爆発《ばくはつ》したのだ。

轟音《ごうおん》とともに、その体表にちりばめられていた岩のような鱗《うろこ》が四散する。鱗の表面は刃《やいば》のように研《と》ぎ澄《す》まされている。すぐ側のことでもあり、不意を突《つ》かれたこともある。飛び上がる二人の体のあちこちが切り裂《さ》かれた。

「なるほど、都市外戦にしなかった理由がわかりましたよ」

都市の足の上に着地したサヴァリスは自分の体を見下ろした。深手はない。だが、服のあちこちが切り裂かれ、それは皮膚《ひふ》にも達している。薄《うす》い出血がじわじわと染《し》みを広げていた。

都市外でこれを食らっていれば、防護服《ぼうごふく》が切り裂かれる。そうなれば、たとえ天剣授受者といえど汚染物質に焼き尽《つ》くされる運命が待っていたことだろう。

「陛下も他の人たちも人が悪い。知っているなら教えてくれればいいのに」

別の足に着地したレイフォンを見る。怪我《けが》の具合は向こうも同じぐらいか。

見れば、爆発して飛び散った残骸がまるで意思があるかのように蠢《うごめ》き、一か所を目指して移動《いどう》している。

目指しているのは地響《じひび》きを立てながら立ち上がろうとしているベヒモトだ。

「切り捨《す》てるだけではなく、再生《さいせい》するでもなく、元に戻《もど》るのか。こうなると、半ば不死のようなものなのですかね」

ベヒモトが再《ふたた》び動き始める。上半身を起こし、復元した手で再び外縁部に手をかけようとする。

この位置に立ったからこそサヴァリスには見える。ベヒモトの下半身はいまだ地の中に溶《と》けるようにして埋没《まいぼつ》していた。

「奴《やつ》は大地と同化しているのか？　そういう進化もあり得るとすれば、汚染獣《おせんじゅう》というのはとことん常識《じょうしき》から外れているね」

呆《あき》れ、ため息には余裕《よゆう》がある。

まだ、外縁部にはリンテンスがいた。

外縁部にかけようとした手が、再び断裂《だんれつ》の運命を見舞《みま》う。リンテンスの鋼糸によるものだ。彼は外縁部と都市との境界《きょうかい》線上に自らが最後の壁《かべ》と言わんばかりに立ちふさがっていた。

再び爆発が起こる。だが、爆発によって四散する凶器《きょうき》はわずかな距離を飛翔《ひしょう》することもかなわず、さらに細かく断裁《だんさい》されて塵《ちり》と化した。

リンテンスの鋼糸は目の細かい網《あみ》のようになって外縁部の中央に展開されている。天剣《てんけん》授受者《じゅじゅしゃ》特有の強大な剄《けい》に支《ささ》えられた鋼糸の網は、目に見えない壁となってベヒモトの侵攻《しんこう》を阻《はば》む。

だらりと下げられていたリンテンスの右腕が持ち上がる。

壁を展開しているのは左腕の鋼糸だ。ならば右腕は？

それは誰《だれ》の目に触《ふ》れることもない極細の凶器。鋼糸。一つ一つは些細《ささい》な武器であろうとも、リンテンスという超絶の技能者の下では、強大な剄を内包する恐《おそ》ろしいまでの武器となる。

リンテンスの頭上で自由な鋼糸たちが綾取《あやと》りの如《ごと》く絡み合い、一つの形を作ろうとしていた。鋼糸ただそれだけでは、いかに天剣授受者の目をもってしても全《すべ》てを捉《とら》えきることはできない。だが、そこに剄が走るからこそ形を見ることができる。

それは細長い円錐《えんすい》だった。

「千億万に裂け散れ」

リンテンスの右手が動き、円錐がベヒモトの胸《むね》に向かって疾走《しっそう》する。

繰弦曲《そうげんきょく》・跳《は》ね虫。

投げ放たれた巨大な円錐はベヒモトの胸に突き刺さり、爆発を連鎖《れんさ》させながら巨体の中に潜《もぐ》り込《こ》んでいく。

変化はさらに続く。体内へと潜り込んだ鋼糸はすさまじい速度で円錐の形を解《と》きほぐし、その過程《かてい》で暴《あば》れまわる鋼糸が体内から切り裂いていく。絡まった糸が反動を持って解《ほぐ》れていくかのように、その斬線《ざんせん》は無秩序《むちつじょ》で容赦《ようしゃ》がない。

「やる時はとことん派手《はで》なんだからっ！」

爆発で四散する鱗を飛び下がって避けて、サヴァリスは舌打《したう》ちした。

リンテンスの跳ね虫によって、ベヒモトの上半身は半ば消滅《しょうめつ》した。まだ復元するか、それとも……サヴァリスは退避《たいひ》した宙《ちゅう》で重力に引かれながら、その経緯《けいい》を見守った。

少なくとも、動きが止まることはなかった。

「ちっ」

サヴァリスは身をひねって空中で回転する。そのすぐ横を巨大なものが駆《か》け抜けていった。

触手《しょくしゅ》のような形をしていた。被《ひ》害《がい》を逃《のが》れた部分から変化し伸《の》びた触手が、サヴァリスに襲《おそ》いかかってきたのだ。

触手の表面には無数の口があり、牙《きば》がちがちと音を立てて噛《か》み鳴らされている。その表面を蹴《け》りつけ、一気に地上に移動する。

レイフォンは……

襲いかかる触手を切り払い薙《な》ぎ払いして、今だ空中にとどまっている。たいした滑空能力《かっくうのうりょく》だ。剣を振る動作一つ一つでバランスを取り、移動していく。空中という圧倒《あっとう》的不利な場所での対処《たいしょ》を心得ていて、切り捨てた触手が爆砕《ばくさい》するのにも対応してみせている。

「これは、負けていられないね」

サヴァリスの内部で剄の密度《みつど》が跳ね上がる。両腕に収束した剄はそこからさらに変化を起こし、白銀《しろがね》の炎《ほのお》に変わった。

外力系衝剄《しょうけい》の化錬《かれん》変化、蛇流《じゃりゅう》。

サヴァリスはその場ですさまじい速度の拳打《けんだ》を連続で放つ。空気を裂くこともなく、静謐《せいひつ》な型の練習のようにも見える連撃だ。

だが、成果は確実《かくじつ》にベヒモトに届《とど》いていた。

崩《くず》れかけた上半身。無数の触手の生えたその断面《だんめん》で白銀の爆発が連鎖《れんさ》した。サヴァリスの放った拳打の衝撃《しょうげき》は目先にではなく、目的とした場所で結実したのだ。サヴァリスとその場所は直線を引けるような位置関係ではなかったというのに。

白銀の炎はその衝撃波でもって触手の幹《みき》を薙ぎ払い、倒壊《とうかい》させる。次の瞬間には触手全体が連鎖的に爆砕を開始した。

その爆発の中にレイフォンが取り残される形となる。

「…………」

だが、その顔に動揺《どうよう》はない。深い沈黙《ちんもく》を保《たも》つ瞳《ひとみ》は襲いかかる鱗《うろこ》の一つ一つを冷静に見極め、その体は次の技を放つ準備《じゅんび》を整えていた。

天剣技、霞楼《かすみろう》。

一閃《いっせん》した剣の周囲で無数の斬線が走る。それは迫りくる鱗と爆圧を切り裂き、無効化《むこうか》させた。

「殺す気ですか？」

着地したレイフォンがこちらを見もせずに聞いてくる。

サヴァリスは思わず歯を剝《む》いて笑った。

「この程度で死ねるのなら、それは救いじゃないかな？」

興奮《こうふん》している、それが自分でもよくわかる。

なんて楽しいのだ。三人の天剣授受者がこれほどに技《わざ》を駆使《くし》して、それでもなお生きている汚染獣《おせんじゅう》が、老生体がはたしてどれだけいる？

楽しくて、楽しくて仕方ないのだ。

なにより楽しいのは。

外縁部《がいえんぶ》の向こうでは、いまだ巨大《きょだい》な物質《ぶっしつ》の蠢《うごめ》く音がしている。天剣授受者がこれだけの技を駆使してなお、痛痒《つうよう》を感じない化け物がいるということだ。

「まだまだ続くんだから」

いまにも笑い出しそうになりながら、サヴァリスは剄《けい》を練った。

†

「あれは本当に楽しかったんですよ」

思い出しながら、サヴァリスは食後のお茶を喉《のど》に流し込んだ。

場所は変わり、ここは宿泊施設《しゅくはくしせつ》の食堂。すでにツェルニ発見の報《ほう》はここにも届《とど》き、食堂に集まる人たちには一種お祭り的なざわめきがあった。勝敗による結果は変わらないとはいえ、学園都市同士による戦争は血が流れない。凄惨《せいさん》さを伴《ともな》わない大規模《きぼ》な行事だ。格闘《かくとう》技《ぎ》の試合が始まるような高揚《こうよう》感が、ごく自然に周囲に伝播《でんぱ》していた。

昼食の間中、サヴァリスの話は続いていた。

レイフォンが汚染獣と戦う姿《すがた》を、リーリンは見たことがない。リーリンは一般人《いっぱんじん》であり、有事の際《さい》にはシェルターに逃《に》げなければならない。見ることは永遠《えいえん》にかなわないだろう。

だから、サヴァリスが語るレイフォンの戦う姿は、リーリンにとってとても新鮮《しんせん》であり、まるで知らない赤の他人の話をされているようでもあった。

そう感じるということは、レイフォンはリーリンの前で全《すべ》てをさらけ出していなかったということになる。

そのことは前からわかっていた。ガハルド・バレーンとの試合、その後の顛末《てんまつ》が物語っている。

寂《さび》しくもあり、胸苦《むなぐる》しくなることでもある。物心つく前から同じ場所で育ち、同じ苦労を分かち合い、同じ楽しさを共有してきたと思っていた。だけどレイフォンは一人で、誰《だれ》にも知らせないままに苦労と苦しみを抱《かか》え込《こ》んでしまっていた。

後ろの席を取った男たちが声高《こわだか》に話している。

「どっちが勝つかな？」

「こっちじゃないか？　なにしろこの間、汚染獣を倒《たお》してるんだぞ。それに聞いた話だとツェルニは前回の時には全敗しちまったらしい。武芸者《ぶげいしゃ》の実力がとことん低いんだよ」

「はぁ、でもよ。もしかしたら有望な新人が現《あらわ》れてるかもしれないぜ。なにしろ学園都市だ。毎年、外から人がやってくるんだからな」

「はっ、将来《しょうらい》有望な武芸者を外に出すような馬鹿《ばか》な都市がどこにあるってんだ？」

「よし、なら賭《か》けるか？」

振り返って後ろを見る。旅慣《たびな》れた様子から、都市間で情報《じょうほう》を売り買いするのを生業《なりわい》にしているのかもしれない。

そんな彼らの会話をサヴァリスも聞いていた様子だった。

ツェルニに有望な新人。

いるのだ、レイフォンというこれ以上ない実力を備《そな》えた新人が。

だが、サヴァリスはそのことに触《ふ》れず、別のことを口にした。

「うちの弟は一人で戦局を変えるような真似《まね》はできないらしい。嘆《なげ》かわしいことです」

サヴァリスの弟もまたツェルニにいる。そのことは放浪《ほうろう》バスで旅する中で聞いた。

ゴルネオという名前らしい。現在五年生だというから、前回の時には戦いに参加していたとしてもおかしくはない。

「弟さんとは、仲が悪いんですか？」

さきほどのサヴァリスの言葉は額面《がくめん》通りに受け取るには気持ちがこもっていないように思えた。

「僕《ぼく》は別にどうとも。ただ、弟は苦手意識《いしき》を持っていたでしょうね。僕の影《かげ》におびえている様子でしたし」

優秀《ゆうしゅう》すぎる兄を持った弟。その気持ちを理解《りかい》することはリーリンにはできないだろう。

正確な意味での兄弟を持たないリーリンには。まして、武芸者として生まれた時からその優秀な兄と同じ生き方をしなければならないとわかっているような境遇《きょうぐう》を、リーリンに理解できるわけがない。

「あれでいっそ、才能《さいのう》など欠片《かけら》もなければよかったのでしょうけどね。身びいきになるかもしれませんが、才能はあるのですよ。ただ、僕が最初に生まれていたことが、あれの不幸なのでしょうね。

まぁ、どうでもいいことですが」

そう締《し》めくくった最後の言葉に説得力があったことが、リーリンの背筋《せすじ》を寒くさせた。

「弟さんですよ」

「だから、なんですか？」

非難《ひなん》をこめて言っても、軽く受け流された。

「天剣授受者《てんけんじゅじゅしゃ》に求められるのは純粋《じゅんすい》な強さですよ。それの邪魔《じゃま》となるのなら、弟どころかルッケンスの武門だって捨《す》ててみせましょう」

言葉とともにサヴァリスの笑みが微細《びさい》にだが深みを増《ま》した。

本気で言っているのだ、この人は。

リーリンは孤児《こじ》だ。血の通った、それこそ生まれたという理由だけで無条件《むじょうけん》で愛してくれる存在《そんざい》がいない。その存在からどういう理由でか引き離《はな》されているからこそ孤児なのだ。

だからこそ、家族がどれだけ大切かということをリーリンは誰よりも理解しているつもりだ。

「ああ、僕だけがこんなことを考えているなんて思われるのは心外なので言っておきますけど、天剣授受者はおおよそこんな考え方ですよ」

「え？」

「天剣授受者というのはグレンダンでの最高位の武芸者の集団《しゅうだん》ですが、言い換えてしまえば異常者《いじょうしゃ》の集団ですよ。強さというものの究極《きゅうきょく》をなにを捨ててでも得たいと考えているような連中がほとんどです。レイフォンが違《ちが》ったというだけのことです」

レイフォンだけが違う。それにリーリンはわずかな喜びを感じた。サヴァリスの言い様では、異常者の集団にレイフォンが分類されないからだ。

「あえて言わせてもらえば、自らの強さのことだけ考えていれば、ガハルドのごとき愚《おろ》か者に弱みを握《にぎ》られることもなかったし、グレンダンから離れる必要もなかった」

だが、その喜びは一瞬《いっしゅん》のものでしかなかった。

「レイフォンの強さへの動機というのは、僕を始めとする〝普通《ふつう》〟の天剣授受者よりも複《ふく》雑《ざつ》だった。もしかしたら、それゆえにレイフォンは強かったのかもしれない。だが、だからこそ……」

その言葉の続きにリーリンは、どういう思いを抱けばいいのかわからなかった。

「理由を失った彼は今、とても弱くなっているのではないか、と思ってしまうんですよ」

息を呑《の》み、言葉を失ったリーリンを見ながら、サヴァリスは再《ふた》び過去《かこ》に想《おも》いを馳《は》せた。

激《はげ》しい戦いの余韻《よいん》を呼《よ》び起こそうとしていた。

ツェルニにはレイフォンがいる。はたして弱くなっているのかどうか。そうでなければいいと思う。

そして、サヴァリスの前に立ちふさがればいいと思う。

本当に、心の底からそう思うのだ。

†

三日三晩《ばん》、ベヒモトとの戦いが続いた。

技《わざ》に技を積み上げ、破壊《はかい》に破壊を重ね、力に力を注ぎ、意思に意思で化粧《けしょう》し、剄《けい》に剄を編《あ》み上《あ》げ、絶技《ぜつぎ》と妙技を衝突《しょうとつ》させ続けた三日間だった。

「いい加減《かげん》、しつこい」

レイフォンの声には苛立《いらだ》ちがあった。体力の衰《おとろ》えはない。たかが三日程度《ていど》戦い続けたぐらいで音《ね》を上げるような生ぬるい活剄《かっけい》で天剣授受者になれるはずもないから、これはおかしくもない。

だが、精神的疲労《せいしんてきひろう》という面ではレイフォンは深刻《しんこく》な領域《りょういき》にさしかかっていたのかもしれない。無数の敵《てき》と同じだけの時間戦い続けるのであれば、折り重なる汚染獣《おせんじゅう》の死体という形で自らの成果が見える。しかし、ベヒモトは再生《さいせい》、いや無限《むげん》とも思える復元を続ける汚染獣だ。自らの技の成果が目に見える形で残ることはない。

それがレイフォンを追い詰《つ》めていた。

しかも、戦いを続けるうちにベヒモトの戦い方に巧妙《こうみょう》さが加わってきた。自在に変化し、自爆《じばく》するという自らの性能《せいのう》に任《まか》せた大ぶりな攻撃《こうげき》ではなく、こちらを罠《わな》に追い落とそうという狡知《こうち》が見え隠《かく》れするようになったのだ。

弱体するのではなく、強化さえしているように見える。

これがレイフォンに焦《あせ》りを生ませ、飲みこまれようとしていた。

(これはそろそろ限界かな?)

十代前半。能力的なものは十分だろうが、精神的な成熟《せいじゅく》とは比例していない。退《ひ》かせるならいまのタイミングがいいだろう。それを良しとするかどうかはわからないが。

（死んだところで、別にどうでもいいんだけど）

レイフォンの生死に興味《きょうみ》はない。サヴァリスが気にしているのは、レイフォンが結果的に暴走《ぼうそう》し、この戦いの邪魔になることだ。

（せっかく楽しんでいるというのに）

レイフォンとは対照的に、サヴァリスは高揚《こうよう》感に包まれ、そしてそれは減衰《げんすい》することがなかった。あらゆる技を駆使《くし》し、あらゆる奥義《おうぎ》を出し尽《つ》くせるという感覚は快感《かいかん》さえも与《あた》えていた。

戦いの中で生まれる新たな連携《れんけい》は新たな自分の発見として感じ、なお立つベヒモトの姿《すがた》が、自分がまだ強くなれるという可能性《かのうせい》を教えてくれる。

それを邪魔されるというのは不快以外の何物でもない。

（退かせよう）

サヴァリスがそう決意した時、

「どうした、この程度で音をあげたか？」

背後《はいご》で最終防衛《ぼうえい》ラインを維持《いじ》するリンテンスがレイフォンに喋《しゃべ》りかけた。

「まさか」

吐《は》き捨《す》てるようにレイフォンが答えると、リンテンスは頷《うなず》いた。

「そうだろう。この程度のことになにほどのものがある。お前は今までも汚染獣と戦い続け、そして天剣授受者である限りこれからもこのような戦いの中に居続《いつづ》けなければならない。甘《あま》えなど、生まれた瞬間にお前の死に繋《つな》がり、焦りはそのきっかけを生む。お前はもう、それを体験したはずだ」

聞いたことがある。リンテンスはレイフォンに鋼糸《こうし》の技術を教授しているが、その最中にレイフォンが独断《どくだん》で鋼糸を使い瀕死《ひんし》の重傷《じゅうしょう》を負ったという。

「……はい」

「なら、お前に今必要なものがなにか、わかるな？」

「根気強く、戦い続ける」

「わかっているのならそれをやれ。これ以上無様を晒《さら》すなら、俺がお前を切り裂いてやろう」

「はい」

レイフォンの瞳《ひとみ》から焦りの色が消え、再び深い沈黙を宿した。

（へぇ）

その光景をサヴァリスは意外な気分で見守っていた。天剣授受者が他人を指導《しどう》している。それ自体が意外な出来事だが、人嫌いで有名なリンテンスがそんなアドバイスを投げかけることなど、もはや珍事《ちんじ》だ。

リンテンスの言葉はそこでは止まらない。

「しかし、この戦いに飽《あ》きてきたのは俺《おれ》も同様だ。そろそろ終わりにしたい。二十五万九千二百秒。こいつの食欲《しょくよく》に付き合ってやるには十分な時間だ」

「でも、どうやって？」

会話を続けながらも戦いは続いている。ベヒモトの姿は出現した時から変わらず外縁部《がいえんぶ》の側にとどめているが、外縁部そのものは天剣授受者三人による衝剄《しょうけい》と高速移動《いどう》による衝撃波、そしてベヒモトの自爆による被害《ひがい》で舗装《ほそう》は剝《は》げ、無残な爆発痕《ばくはつこん》が重なり合うという様相を呈《てい》している。

三人の天剣授受者が三日三晩《ばん》かけて戦い続け、老生体の侵攻《しんこう》をとどめることしかできていない。

レイフォンはおろか、サヴァリスでさえそう思っていた。だからこそサヴァリスは楽しいと思っていたのだが……

「よく見てみろ」

リンテンスの不機嫌な目がベヒモトを見るように促《うなが》した。

外縁部から上半身をのぞかせる歪《いびつ》な巨人《きょじん》は、いまなお都市の上に這《は》い上がろうとしつつ、その一方で全身から触手《しょくしゅ》を飛ばしてサヴァリスたちに攻撃を仕掛けてきている。

その圧倒《あっとう》的な巨大さに、変化が起きているようには見えない。

「規模《きぼ》の差に感覚をやられたか？　それとも見すぎているために変化に気づかないのか？

わずかだが縮《ちぢ》んでいる」

「え？」

驚《おどろ》きの声をあげたのはレイフォンだが、サヴァリスもその言葉を信じられなかった。

「完全には復元できていないということだ。まさか自爆で大きく身を削《けず》るような真似《まね》はしないだろう。それならこちらが技を放つたびに、コンマ以下だろうが、何パーセントかを破壊することには成功しているということだ」

「もしそれが本当だとしても、やはり気の長い話になると思いますけど？」

四方から襲いかかってくる触手からすり抜けつつ、サヴァリスは言った。

「奴《やつ》が復元不可能になるレベルでの攻撃とは、威力《いりょく》だけの問題ではない。どこまでなら粉々になっても細胞単位での自律行動が可能かというレベルでの話だ。今までの攻撃は威力は十分だったろうが、それがベヒモトという物質の集合体全体に及《およ》ぼす破壊という意味ではまだ足りていなかったということだ」

「ああ、もしかして……」

サヴァリスはリンテンスの言いたいことが漠然《ばくぜん》とだが理解できた気がした。

「ベヒモトは全体として一つの生命体ではなく、細胞かそれ以下のサイズの物質によって構成《こうせい》された群体《ぐんたい》生命体とお考えで？」

リンテンスが頷《うなず》いた。

まさか、と思う反面、しかしそれならあの復元にも説明がつくような気がしてくる。そして自爆の意味も。

あれは自爆しているのではなく、本体に再合流するための自衛《じえい》行動としての四散にしか過《す》ぎなかったということか。それが同時に、敵に対して逆撃を与えるという副次的な効果《こうか》を生んでいただけなのだ。

「線ではなく面で、一部ではなく全体に同時に攻撃を与える。短時間の超重圧攻撃でベヒモト全体を圧死《あっし》させる」

リンテンスの宣言《せんげん》は二人を唖然《あぜん》とさせるのに十分だった。

「それぞれ最大量の剄をもって技を撃《う》て。初撃を俺が、その後お前たち二人同時でだ。……まさか、準備《じゅんび》に十秒以上の時間を要するとは言わんだろうな」

それは、あからさまな挑発《ちょうはつ》だった。

それは、とても心躍《おど》る挑発だった。

「いいですよ。やりましょうか」

「わかりました。先生」

二人して頷く。

「僕は十秒もいらないけど、君は？」

「お好きに、タイミングは合わせます」

レイフォンの平然とした言葉、小憎《こにく》らしい態度《たいど》にも心躍る。

自らの限界の試《ため》し合い。

誰《だれ》がより強大な剄を放つか、誰がより強力な技を放つか。天剣授受者三人による競争だ。

「では、始める」

リンテンスの宣言とともに逆襲が始まった。外縁部《がいえんぶ》に侵入していた触手たちを高速で破壊していく。

自爆の大連鎖《れんさ》が一瞬《いっしゅん》、外縁部を砕《くだ》くのではないのかと思えるほどに広がり、サヴァリスとレイフォンの姿《すがた》を呑《の》みこむ。

だが、二人とも爆発の中心にはすでにいなかった。その姿は外縁部と都市の境界線《きょうかいせん》。リンテンスが守護《しゅご》していた最終防衛《ぼうえい》ラインにあった。

ここから先には細胞《さいぼう》の一欠片《かけら》とて通しはしない。

今までその役はリンテンスが行っていた。だがリンテンスは今、技のために剄《けい》を練り上げている。余計《よけい》な手間をかけさせるわけにはいかない。

「さっさと……」

「戻《もど》れ！」

二人が同時に叫《さけ》び、技を放つ。

外力系衝剄《しょうけい》の変化、風烈剄《ふうれつけい》。

外力系衝剄の変化、渦剄《かけい》。

サヴァリスの蹴《け》り足から、レイフォンの振《ふ》りおろした剣から、同時に剛風《ごうふう》が吹《ふ》き荒《あ》れる。爆発によって四散したベヒモトの細胞がそれによって外に吹き飛ばされ、一瞬《いっしゅん》にして外縁部の空気を清浄化《せいじょうか》させた。

その間に、リンテンスは準備を終えていた。

膨大《ぼうだい》な剄がリンテンスの体を、鋼糸《こうし》を覆《おお》っていた。その鋼糸はリンテンスのはるか頭上にあり、空を隠《かく》すほどに輝《かがや》いている。

砕《くだ》けた触手《しょくしゅ》を再集結させようとしていたベヒモトは、その粉塵《ふんじん》となった細胞ともども瞬時にして鋼糸によって編《あ》まれた網《あみ》の中に閉《と》じ込められることとなった。

「那由多《なゆた》の彼方《かなた》に送ってやろう」

繰弦曲《そうげんきょく》・崩落《ほうらく》。

瞬間、真白き光が周囲の全《すべ》てをかき消した。鋼糸に充填《じゅうてん》されていた剄が衝剄へと変化し、内向きに大規模な衝撃波を解き放ったのだ。鋼糸の網は衝撃波の反作用を外に漏《も》らすことなく、ただ光のみが脱出《だっしゅつ》に成功していた。衝剄を放ちながら、同時作業で同質同量の剄を流し込み鋼糸の網による結界を完璧《かんぺき》なものとすることによって、衝撃波によって発生する圧力は全て内部に収束《しゅうそく》し、ベヒモトを潰《つぶ》しにかかる。

汚染獣《おせんじゅう》の悲鳴すらもリンテンスの編み上げた結界の外に漏れることを許《ゆる》さなかった。

その巨大な光の塊《かたまり》は、都市の反対側からでも確認《かくにん》することができるだろう。

だが、その膨大な威力の技ゆえに、継続《けいぞく》時間としてはそれほどのものではない。

十秒。リンテンスが挑発として使った言葉だが、まさにその十秒がこの技の限界時間だった。

それは果たしてリンテンスの剄が一時的に底をついたためか、それとも鋼糸という強度的な問題を備《そな》えた武器《ぶき》のためか。

光が弾《はじ》け、その光の中に浮《う》かぶ線のようなものがあった。解《ほど》けて主《あるじ》の下《もと》に戻る鋼糸の姿だ。

爆圧《ばくあつ》から解放《かいほう》されたベヒモトが声にならない咆哮《ほうこう》を上げた。その周囲に光を弾く粒子《りゅうし》の存在《そんざい》がある。復元《ふくげん》することかなわずに死滅《しめつ》したベヒモトの残骸《ざんがい》か。

サヴァリスの目にもはっきりとベヒモトの体積が減少《げんしょう》していることが見て取れた。

そしてその時にはすでにサヴァリスとレイフォンの姿は空中、ベヒモトのすぐそばにあった。

最初に動いたのはサヴァリスだった。いや、跳躍《ちょうやく》の前の段階《だんかい》から、彼はすでに技を放つための前段階の技を発動していた。

活剄《かっけい》衝剄混合変化、ルッケンス秘奥《ひおう》、千人衝《せんにんしょう》。

外縁部からベヒモトへと走るサヴァリス。その姿が突如《とつじょ》として二人に増《ふ》えた。四人に増えた。八人に、十六人に、三十二人に、六十四人に、百二十八人に……倍々ゲームの果てにその技の名が示《しめ》す千人を超《こ》えるのに、数秒の時間すらも要しなかった。

千人の先頭に立つサヴァリスが外縁部の縁《へり》に足をかけて跳躍した時、リンテンスの崩落が消える。鋼糸が解け、ベヒモトの残骸が光を浴びて乱舞《らんぶ》する中に千人のサヴァリスは計算された配置でベヒモトの右半身を覆《おお》った。

空中でのことだ、翼《つばさ》なき身には落下という現象が付きまとう。これから行う技の反動で宙《ちゅう》にとどまるにしても、はたしてそれは五秒にもなるかどうか……

サヴァリスは笑っていた。いつもの、なにを考えているかわからないという曖昧《あいまい》な笑《え》みではない。壮絶《そうぜつ》な、興奮《こうふん》しきった凶暴《きょうぼう》な笑みを浮かべていた。

サヴァリスをして、こんなことをするのは初めてだ。はたしてうまくいくのか、いかないのか。

だが、リンテンスはあの巨大なベヒモトの動きを完全に封《ふう》じ、しかも全周囲からの衝剄による攻撃という凄まじい技を実現してみせた。

あれほどの大技をしてのける天剣授受者《てんけんじゅじゅしゃ》が、はたして何人いる？

「いいさ、やってみせようさ」

千人のサヴァリスの口が開かれた。

秘奥に、秘奥を重ねる。

外力系衝剄の変化、ルッケンス秘奥、咆剄殺《ほうけいさつ》。

千人のサヴァリスの口から、分子構造を崩壊させる振動波《しんどうは》が放たれた。

その時、レイフォンもやはり空中にいた。

手にした天剣は内包した剄によって凄まじいまでの光を放ち、もはや剣としての形を他者の目が見ることはできなかった。

線ではなく、面による攻撃《こうげき》。

リンテンスが言った作戦は、剣という斬撃武器《ざんげきぶき》を扱《あつか》うレイフォンには難《むずか》しい命題ではあった。

だが、だからといって無理だなどという言葉が、レイフォンの口から出ることはない。短時間での超重圧攻撃。それは圧倒《あっとう》的な剄の量によって押《お》し潰《つぶ》すということだ。

いままさに反対側では千人衝によって増殖《ぞうしょく》したサヴァリスが技を放とうとしている。

このタイミングを外すことはできない。

「やるまでだ」

レイフォンの剣が振り上がる。

振り下ろす。

衝剄。

技もなにもない。ただ自らの持つ膨大な剄を、練り上げて天剣に封入《ふうにゅう》したものを、破壊的なエネルギーの奔流《ほんりゅう》として解き放つ。

巨大《きょだい》な光の柱となって剣の延長線上に伸びた衝剄は、振り下ろされる動作そのままにべヒモトの頭上から襲《おそ》いかかり、その左半身を衝剄による嵐《あらし》の中に閉《と》じ込めた。

現在でのルッケンスの武門《ぶもん》血筋《すじ》、その流派《りゅうは》に属《ぞく》する武芸者《ぶげいしゃ》たちの誰もが完全に習得することができなかった二つの秘奥を同時に発動させたサヴァリス。生まれ付いての膨大な量の剄をもって破壊の嵐を招《まね》いたレイフォン。

並《なみ》の武芸者では到達《とうたつ》することも夢見《ゆめみ》ることさえもできない領域《りょういき》に突入した絶技に、板挟《いたばさ》みにされベヒモトはなすすべもなく、身じろぎすることさえ許されなかった。

半身は風に吹かれた砂山《すなやま》のように崩《くず》れていき、半身は荒れ狂《くる》う獣《けもの》の群《む》れに嚙《か》み裂《さ》かれ、嚙み砕《くだ》かれるかのように粉砕《ふんさい》される。

両面からの破壊は完全にベヒモトを押し包み、押し潰すかに見えた。

「ぐううううう！」

「くうううっ！」

限界が見えた。それはほぼ同時、また奇《く》しくもリンテンスの崩落と同じく十秒前後のことだった。膨大な剄を必要とする技を放ち、それを維持《いじ》するために剄を練る速度が追い付かなくなり、ほぼ自然消滅的に二つの技は消えた。

二人の体がぐらりと傾《かたむ》く。

「やった……のか？」

千人衝が解け、一人となったサヴァリスは技の反動で思うままにならない体を落下させながら結果を確《たし》かめた。

破壊《はかい》の余韻《よいん》が暴風となり、無数の灰色《はいいろ》の粒子を吹き荒らしている。それはベヒモトの残骸だ。再集結する様子はなく、ただ風に吹かれるままに吹かれ、散り去っていこうとしている。

では、倒したのか？

まだ確定したわけではない。ベヒモトは群体生命体だとリンテンスが看破《かんぱ》した。ならば粒子一つ一つの死などは些細《ささい》なものだ。

その全てを死滅させていなければ……

「っ！」

サヴァリスの目にそれが飛び込んだ。

吹き荒れる灰色の粒子の中に、同じように落下する影《かげ》があった。それは奇怪《きかい》なうねりを見せている。生きているのだ。

およそ、人間一人分の体積か。

「くっ」

追いかけ、殲滅《せんめつ》しようにもサヴァリスの体は思うように動かなかった。二つの秘奥を同時に使った反動が体に影響《えいきょう》を与えていた。

ベヒモトは戦闘《せんとう》の意思を見せてはない。だが、このまま逃《に》がせば、時間をかけて再生し、またグレンダンを襲うことになるかもしれない。

存分に自分の限界を引き出せたことには、ここ最近では最上の満足を得ている。だが、その上で汚染獣《おせんじゅう》を倒《たお》せなかったとなれば、せっかくの満足も後味が悪くなる。

内力系活剄で疲労《ひろう》の回復を急がせる。だがそれは、墜落死《ついらくし》を防《ふせ》ぐことはできても、地下へと逃げるだろうベヒモトを討《う》つのには間に合うかどうか。

焦《あせ》る気持ちと戦いながら活剄を走らせる。

あと少し、あと少し……

一秒を寸刻《すんきざ》みにしながら自分の回復度を確認《かくにん》していく。全身に走る重い疲労感は徐々《じょじょ》に失われ、剄路を支配《しはい》する痺《しび》れはその領土《りょうど》を失いつつある。

そして、完全に肉体を掌握《しょうあく》し直したのは発見より三秒後だった。

「よしっ！」

体を回し、蹴《け》り足に衝剄をこめ、その反動で速度を上げようとした、まさにその時……

ドンッ！

轟音《ごうおん》とともにサヴァリスの視界《しかい》をかすめる影があった。

白銀《しろがね》の光を引き連《つ》れ、沈黙《ちんもく》を保《たも》つ瞳《ひとみ》が逃走《とうそう》を図るベヒモトを射貫《いぬ》いている。

レイフォンだ。

もはや地面は間近。だが、レイフォンはそれを恐《おそ》れる様子もなく頭から突進《とっしん》し剣を振りおろした。

爆発が地面をえぐる。新たな乱気流《らんきりゅう》が灰色の粒子《りゅうし》を狂《くる》い踊《おど》らせる。

サヴァリスが身をひねって着地した。

爆発痕《ばくはつこん》はすぐそこにあった。視界を邪魔《じゃま》する粒子の群れは強風によってその場所から追い払《はら》われている。

中央にレイフォンの姿《すがた》があった。その剣はベヒモトを両断し、衝撃によって粉砕に成功している。

（なんてことだ）

その光景を見て、サヴァリスは唖然《あぜん》とした。

レイフォンの方が先に絶技を使った反動から回復した。それは一秒、もしかしたら半秒もなかったかもしれない差だ。

だが、サヴァリスは考える。レイフォンと戦うとしたら、その半秒が勝敗をわけることになるだろう。

（なんてことだ）

なりたての天剣授受者だ。サヴァリスが立てた、自身、特に意味を感じない最年少という記録を破《やぶ》った幼《おさな》い天剣授受者。

そのレイフォンが、サヴァリスを半秒超《こ》えた。

それに対して感じるのは、怒《いか》りか？　嫉妬《しっと》か？

いいや。

「だから、この都市は素晴《すば》らしいんですよ」

恍惚《こうこつ》だ。

「僕を決して飽《あ》きさせない」

サヴァリスは口の端《はし》が緩《ゆる》むのを止められなかった。

†

一時は息を呑《の》んだリーリンだが、それからすぐに立ち直った。

サヴァリスの語るレイフォンのことは、現在を示唆《しさ》してこそいるが確実なわけではないし、なによりそれを心配する理由がなかった。天剣授受者であった時よりも弱いかもしれない。なるほど、だから？　それがリーリンの答えだ。

リーリンにとってのレイフォンの価値《かち》とは、武芸者としての強さが基準《きじゅん》にあるわけではない。その強さが低下していようと問題ではない。問題とするなら、その事実があったとして、それに対してレイフォンが傷《きず》ついていないかということだ。

リーリンが考えなければならないのは、過去《かこ》を基準《きじゅん》とした現在への推測《すいそく》ではなく、明確に存在している現在とその未来に対してだ。

溝《みぞ》のできた過去と現在を繋《つな》ぐためにリーリンは今ここにあるのであり、そのためには明日という未来にあるマイアスとツェルニとの接触《せっしょく》で、あちらに移動《いどう》しなければならない。

（とにかく、ここでもやもやしてるよりも会った方がはやいもの）

悩《なや》むことは、グレンダンで十分すぎるほどにした。決断してここにいるのだから、いまさら足踏《あしぶ》みしたところで意味などない。むしろ停滞《ていたい》を呼《よ》ぶ。

そこまで考えて、自分がとても重要なことに関して能天気でいたことに気がついた。

いや、そこまで考えを及《およ》ぼす余裕《よゆう》がないほどに、突然《とつぜん》のツェルニの出現はリーリンにとって驚《おどろ》きだったということなのだろう。

「サヴァリスさん」

なにやら物思いにふけっているサヴァリスに声をかける。

「なんですか？」

物思いから戻《もど》ってきたサヴァリスが返事をしてからカップを手に取る。

十分にぬるくなっただろうお茶を飲み干《ほ》したサヴァリスは、おかわりを欲《ほ》しそうな目をした。リーリンは黙《だま》って立ち上がると、新しいお茶を淹《い》れてくる。

「ああ、ありがとうございます。それで、なんです？」

「思ったんですけど、わたしたちってツェルニに移動できるんですか？」

「ああ、しまった」

サヴァリスは感情のこもらない声で天を仰《あお》ぎ、そしてリーリンに頭を下げた。

「すいません。僕基準で考えていました」

「その言い方だと、普《ふ》通《つう》では移動できないってことですか？」

「ええ。戦争経験《けいけん》は僕もそれほどありませんが、勝敗が決した後は例外なくすぐに移動を再開《さいかい》しますね。そうか、リーリンさんたちはシェルターにいますものね、知らなくて当然か」

それも考えが及ばなかった原因《げんいん》の一つだろう。

「どうしましょう？」

放浪《ほうろう》バスが来ていない以上、それを利用する手段《しゅだん》はない。だからといって自分の足で移動するにしても、接触箇所《かしょ》が一番の激戦地《げきせんち》になるだろうことは、いかに戦いに疎《うと》いリーリンにだってわかることだ。そんな場所を一般人《いっぱんじん》が通り抜《ぬ》けられるわけがない。

なら、戦いが終わった後に改めて放浪バスを待つのか？　もしかしたら都市戦が近いことが、放浪バスが来なかった原因かもしれない。しばらく待てば来るかもしれない。

だが……

(待ってなんていられない)

見てしまったのだ、ツェルニを。すぐそこにいることを知ってしまった。そんな状態《じょうたい》で待ってなんていられない。

「まぁ、そこまで心配しなくてもいいですよ」

気楽な様子でそんなことを言う。リーリンはきっとサヴァリスを睨《にら》んだ。

もし、もう少し待てばなんて言おうものならリーリンは怒鳴《どな》っていたかもしれない。

「あー、もしかして忘《わす》れているかもしれませんが、僕《ぼく》はまがりなりにも武芸者《ぶげいしゃ》ですよ」

その言葉に、リーリンはこの男がどうやって移動するつもりだったのかを察した。

「もしかして……」

先日の嫌《いや》な記憶《きおく》がよみがえる。

「そこらへんの学生武芸者に察知されるようなへまはしませんよ。あなたを安全にツェルニまで送って差し上げます」

サヴァリスはにっこりほほ笑んで保証《ほしょう》すると、二杯《はい》めのお茶を冷まそうと息を吹きかけた。

いつでも動ける準備《じゅんび》だけはしておいてください。

部屋に戻ったリーリンは荷造《にづく》りを始め、そしてすぐに終わった。ちょっと立ち寄《よ》っただけのつもりだったので、荷物の中身を全《すべ》て出すなんて真似《まね》はしていない。放浪バス内で洗《せん》濯《たく》できなかった物を洗《あら》って、次の日に着るものを残すと後はまたトランクケースの中に収《おさ》めていた。

(明日……レイフォンに会える?)

そう考えると普段と同じ一日がとても長く感じられてしまう。居《い》ても立ってもいられない。落ち着かないのだ。

こういう時、グレンダンにいた時は掃除《そうじ》をしていた。

「よし」

そうと決めるとリーリンは廊下《ろうか》に出て、用具入れから掃除道具を取り出した。ここは宿《しゅく》泊施設《はくしせつ》であり、管理はマイアスの学生たちが行っているのだが、学業という本分を持つ学生たちのやることだ、普通の都市の宿泊施設ほどに行きとどいたサービスは存在しない。食事は時間を定められた取り放題《ビュッフェ》形式だし、毎日掃除に来てくれるわけでもない。ある程《てい》度《ど》の自主性を求められるため、掃除用具もすぐに取れる場所にある。

最初にやってきた掃除の学生の手際《てぎわ》が悪かったことから、リーリンは度々《たびたび》自分で掃除をしていた。

「明日にはいなくなるんだし、徹底的《てってい》にやろう」

埃《ほこり》一つ残さない気分でやってしまえば適度《てきど》に時間がすぎるし、ほどよく疲《つか》れてよく眠《ねむ》れるかもしれない。

(そういえば……)

箒《ほうき》を使っていて、ふと頭をよぎった。

(もしかして、あれってあの時のことだったのかな?)

食堂でのサヴァリスの話を思い出して、それをきっかけに記憶《きおく》の底から出てきたものがある。

(三日間って言ってたし、時間的にも合ってると思うんだけど)

戦闘《せんとう》終了後の安全宣言《せんげん》の後だ。シェルターから出たリーリンは幼《おさな》い弟妹を連れて孤児院《こじいん》に戻《もど》り、夕食の準備《じゅんび》をするために買い物をしようと再《ふた》び院を出た時だ。

†

曲がり角から、レイフォンが姿《すがた》を現《あらわ》した。

「あ、レイフォン」

「リーリン」

立ち止まるレイフォンに、リーリンは小走りで駆《か》け寄《よ》った。

「おかえり」

無事に帰ってきたことに安堵《あんど》しながら声をかける。

……と、レイフォンはなぜか目を丸くしてリーリンを見ていた。

「どうかした？」

「あ、ううん。なんでもない」

慌《あわ》てて首を振ると、レイフォンが驚《おどろ》きに固まった表情《ひょうじょう》を柔《やわ》らかくほぐした。

「ただいま」

「うん、おかえり」

笑《え》みを浮《う》かべてもう一度言う。レイフォンが無事に戻ってきたことが本当にうれしかった。

「夕飯の買い出し？」

「うん、買い物前にシェルターに入ったから冷蔵庫《れいぞうこ》の中なにもなくて。レイフォン、なにかリクエストある？」

「みんな、なにか言ったんじゃないの？」

食欲旺盛《しょくよくおうせい》な弟妹たちが三日間もシェルターの保存食《ほぞんしょく》で我慢《がまん》したのだ。買い物に行くと告げた時にはこぞってリクエストしてきた。

だけれど、今日はいいのだ。

「だって、レイフォンが頑張《がんば》った日じゃない。ちゃんとご褒美《ほうび》をあげないと」

「うん、じゃあシチューの中にハンバーグが入ったのがあるでしょ。あれがいいな」

それは弟妹たちのリクエストにもあったものだ。レイフォンも美味《おい》しいと言ってはくれたが、それよりも弟妹たちの間で大人気になったメニューだ。

ごく自然にレイフォンはリーリンが向かおうとしていた商店街に足を向けていた。

並《なら》んで歩く。

「本当、レイフォンは甘《あま》いんだから」

「そんなことないよ。あれは本当に美味しかったんだから」

「いいけど。今度はおやつを作りすぎないでね。虫歯になっても困《こま》るし、晩御飯《ばんごはん》食べなくなるから」

「わかってるって」

困《こま》った笑いを浮かべながら、リーリンの手から買い物籠《かご》を取る。

リーリンが会いたいのは、そんなレイフォンなのだ。

04　戦《いくさ》の始まり

生徒会長カリアン・ロスが都市接近《せっきん》の報《ほう》を聞いたのは、生徒会長室に入ってすぐのことだった。

その時、カリアンは一つの不安を抱《かか》えていた。起きた時、妹のフェリの姿《すがた》がなかったことだ。帰ってきた様子もないことに嫌《いや》な予感を覚えた。

「まぁ、あの子も若《わか》いからね」

自分の年齢《ねんれい》を顧《かえり》みない発言で確証《かくしょう》のない不安をごまかし、マンションを出た末に受けた報告だ。

思考を一瞬《いっしゅん》で切り替《か》えた。

即座《そくざ》に武芸科長《ぶげいかちょう》ヴァンゼをはじめとする生徒会役員が招集《しょうしゅう》され、作戦本部の開設《かいせつ》、都市防衛《ぼうえい》システムの起動準備《じゅんび》、本決定していなかった一般《いっぱん》武芸科生徒たちの隊分けの確定、シェルターの最終チェックが進められていく。

その忙《いそが》しさがなければ彼は早い段階《だんかい》で妹の消息を確かめ、都市警察《けいさつ》なり第十七小隊なりに相談をしただろう。

だが、そうはならなかった。

発見の報より一時間後、その都市の名が学園都市マイアスであることが判明《はんめい》する。

「聞いたことあるか？」

マイアスの名を聞いて、ダルシェナは首を傾《かし》げそこに集まる全員に聞こえるように言った。

今回のように都市発見から接触《せっしょく》までに時間がある場合、小隊員たちが練武館《れんぶかん》に集まることは、事前に決められていたことだった。非常《ひじょう》訓練が無駄《むだ》になった形ではあるが、時間があるに越《こ》したことはない。

レイフォンたち第十七小隊の面々も決められたとおりに練武館に集まり、自分たちの訓練室で待機していた。

「やー、聞いたことねぇな」

シャーニッドも同じように首を傾げる。

「学園都市の名前を全《すべ》て知っているわけがない。それでも戦績《せんせき》の良かった都市の名前は自然と伝わってくる。そういう聞き方をしていないのなら、そういうことだということではないかな？」

「そうだね、そうみたいだよ」

　ニーナの言葉に、ハーレイが頷《うなず》いた。

　錬金鋼《ダイト》の最終チェックにやってきていたハーレイはそれに使用しているものとは別の携《けい》帯端末《たいたんまつ》を用意していた。それを片手《かたて》で操作《そうさ》し、目当てのデータを出す。

「これ、前の都市戦の時の戦績表。学園都市連盟《れんめい》が発表した奴《やつ》ね。これで見るとマイアスは二戦して一勝一敗。試合数も少ないし、特に目立った戦いぶりをした様子もないね」

「ま、それでもうちよりはマシなわけだ」

　シャーニッドの軽口をニーナは視線《しせん》で黙《だま》らせつつ、やはり頷《うなず》く。

「今年何戦することになるかはわからないが、初戦から強敵《きょうてき》と当たるよりはいい。これで勢《いきお》いがつけばいいが……」

　そう言って、すぐにハッとした顔をすると頭《かぶり》を振《ふ》る。

「いいや……戦う前から勝った気でいるのは油断《ゆだん》が過《す》ぎるな。戦いには全力で臨《のぞ》まなければ」

　呟《つぶや》いて、ニーナが訓練室に集まっている面子《メンツ》を見渡《みわた》す。

　そこにフェリの姿がなかった。

「まだ、昨日のこと怒《おこ》ってんのかね？」

「かもしれん」

ニーナがはっきりと落ち込《こ》んだ様子を見せた。

「わたしの考えが足りなかったばかりにフェリを怒らせてしまったな。こんな時だというのに」

「なにを言う。武芸者の矜持《きょうじ》を理解《りかい》していないのはあいつの方だ。どれだけ優《すぐ》れた才能《さいのう》があろうと、動かなければならない時に動かないのであれば、そんな才能には意味がない！」

ダルシェナが怒《いか》りを露《あらわ》にして拳《こぶし》を握《にぎ》りしめる。

「ふむ……」

二人の様子を見て少し考え込むようにしたシャーニッドだが、なにを思ったかレイフォンを抱き込んで耳打ちした。

「思うにだな、うちの女性陣《じょせいじん》は気難《きむずか》し屋が多すぎると思わないか？」

「え？」

いきなりの話題の転換《てんかん》にレイフォンは付いていけない。

「どうにもいかんと思うぞ。人生は短い、さらにいえば青春はもっと短い。だからこそ世のエンターテイナーたちは青春を美しく描《えが》き、観客はそれを喜ぶんだ。だが悲しいかな、うちの女性陣はそのことを理解していない。せっかくの美人も、青春を浪費《ろうひ》するだけでは意味がないと思わないか？」

「はぁ……」

青春に対しての考え方なんてそれぞれに言い分があると思う。が、レイフォンも特に青春についてまじめに考えている人間ではないので、なにも言い返せなかった。

「……もしかして、それにはあたしも含《ふく》まれているんですか？」

聞こえたのだろう。いままでどの会話にも参加していなかったナルキが顔を寄《よ》せてきた。

「ああ、お前さんはあいつらよりは軽症《けいしょう》だな。だがまぁ硬《かた》いことは事実だ。早いうちに治《ち》療《りょう》しないと、あいつらみたいになるぜ」

「……先輩《せんぱい》ほど柔《やわ》らかすぎるのも問題だとは思いますよ。締《し》めるべきところで締めてくれるのも重要ですけど、もう少しかっこいいところをたくさん見せてくれてもいいんじゃないですか？」

「お、言うねぇ」

意外なナルキの反撃《はんげき》にシャーニッドは嬉《うれ》しそうに笑った。

「なになに、なんの話？」

ハーレイも加わってくる。

「研究馬鹿《ばか》のお前さんには縁遠《えんどお》い話だ」

「うわっ、ひど」

「お前は年上受けが良さそうなんだからもう少しがんばれ」

「ああ、そういう話。うーん、彼女は欲《ほ》しいんだけどねぇ」

「その気があるんなら努力しろよ後輩ども」

そう言って二人を叱咤《しった》したシャーニッドは、レイフォンを見た。

「まぁ、ここにいる先天性鈍感《どんかん》病にかかってる重病人よりはマシだけどな」

「……なんですか、それ？」

聞いたこともない病名なのに、ハーレイもナルキも納得《なっとく》の頷きを見せ、レイフォンはそれ以上返す言葉がなかった。

「言葉通りの意味だ。まぁいい。それよりもお前さん、こんなところでのんびりしている暇《ひま》はないんじゃないか？」

「え？」

「うちの気難し屋トップスリーだけで和解なんてできるわけないだろ。ましておれの役目でもねぇ。ここはお前さんの出番だ」

「あ、はい」

要は、これを言いたかったということか。レイフォンは立ち上がるとフェリを迎《むか》えに行

こうとした。

「あ、レイフォン。メンテ終わったから錬金鋼《ダイト》返すよ」

ハーレイに呼《よ》び止められ、錬金鋼《ダイト》を受け取る。

そこには、なぜか二つあった。

「先輩？」

一つはいつもの青石錬金鋼《サファイアダイト》。もう一つは簡易型複合錬金鋼《シム・アダマンダイト》だ。

「複合錬金鋼《アダマンダイト》の方は対汚染獣《おせんじゅう》戦用だから使えないけどね。こっちは持ってていいと思うよ」

「でも、設定《せってい》あのままでしょ？　だったら使いませんよ」

簡易型複合錬金鋼《シム・アダマンダイト》は復元《ふくげん》した時に刀の形をとる。それは開発者であるキリクが、レイフォンが使った複合錬金鋼《アダマンダイト》の損傷具合《そんしょうぐあい》を見て、刀を使うのが本来の姿《すがた》だと見抜《みぬ》いたからだ。

だが、レイフォンは刀を使わないと決めている。それは武芸者《ぶげいしゃ》としての自らの能力《のうりょく》を悪用しようと決めた時に自らに誓《ちか》ったことだ。自分に武芸の道を示《しめ》してくれた養父の技《わざ》、サイハーデンの刀技を穢《けが》さないためにだ。

第十小隊の戦いの時には自説を曲げたが、そうでない時にまで使うつもりはない。

「うん、だけど用心っていうのはしすぎて困《こま》ることはそうないからね。持つだけ持っててよ」

ハーレイは専用《せんよう》の剣帯も持ってきていた。

「でも、使わないと思いますよ」

「使う使わないはともかく、それはレイフォン専用なんだよ。持ち主の手にちゃんとあるべきだ」

念押しすると、ハーレイはそう答えて肩《かた》をすくめた。

「キリクがそう言ってたんだ」

納得《なっとく》できないまま、レイフォンは二つを受け取り、ニーナに出かけることを告げた。


練武館を出たレイフォンはそのままフェリのマンションに向かった。とにかく、そこに向かうしかやり方がなかったからだ。まさか二年生の校舎《こうしゃ》にいるとは思えない。そんなことをしたら周囲から浮《う》いてしまうし、それが目立ってしまう。周囲から浮いてしまうことは気にしないかもしれないが、目立つことは嫌《きら》うはずだ。

とにかくマンションに向かうしかない。

路面電車は走っているが、レイフォンは自分の足で向かった方が早いと思った。一般生徒に見られて余計《よけい》な心配をさせても悪いので、殺到《さっけい》をして跳《と》ぶ。

マンションにはほどなく到着《とうちゃく》した。

エントランスホールに入り、チャイムを鳴らそうと部屋番号を思い出していると声がかかる。

「いよう」

振《ふ》り返る必要もなく、声の主が誰《だれ》かすぐにわかった。それでも、振り返らなければなにをしてくるにしても対応《たいおう》が遅《おく》れてしまう。

後ろには、予想通りにハイアが立っていた。

会いたくもない顔を見て、レイフォンは顔をしかめる。

「どうしてここにいる？」

「あんたのその、二重人格《じんかく》的な対応の違いにはほとほと感心するさ」

ホールの壁《かべ》に背中《せなか》を預《あず》けている。ということは殺到をして待っていたということだろうか？ なんのために？

嫌な予感が、レイフォンの脳裏《のうり》をかけた。が、顔には出さない。

「どうしてここにいる？」

繰《く》り返した。剣帯には手をかけない。ハイアは腕《うで》を組んでいる。この状態《じょうたい》からなら十分にレイフォンの方が早く錬金鋼《ダイト》を抜くことができる。

「これをさ、見せに来たさ」

言うとハイアは組んでいた腕を解《と》き、なにかを放《ほう》り投げた。

放物線を描《えが》くそれを空中でつかみ取り、確認《かくにん》する。

「…………っ！」

レイフォンの目が自然、険《けわ》しくなった。

第十七小隊のバッヂだ。

「フェリ・ロスは預《あず》かった」

「笑えない冗談《じょうだん》だね。そんなに死にたかったとは知らなかった」

レイフォンの目から感情《かんじょう》の色が消えた。昔からの習い性《しょう》だ。戦いの中で不必要な感情を次々と排除《はいじょ》していった末に、レイフォンはそういう目をするようになった。

「あんたとやりたいのはやまやまさ〜。だけど、それは今じゃない」

レイフォンから放たれる苛烈《かれつ》な殺気をやり過《す》ごして、ハイアは腕を組みなおす。

「おれとあんたの一対一《サシ》の勝負はやってもらう。だけどそれは、明日のことだ」

「明日？」

明日にはマイアスと接触《せっしょく》する。そうなれば都市同士の戦いが始まってしまう。

なぜ、その時に？

レイフォンを都市戦に参加させないため。咄嗟《とっさ》にその考えが浮かんだ。

「マイアスに雇《やと》われていたとは知らなかった。商売上手だね」

「見習うといいさ。……と言いたいけど、今回はそれとは関係ない。教導《きょうどう》した都市同士がぶつかるなんて、おれっちたちからしたら別に珍《めずら》しいことじゃないが、マイアスに寄ったことなんて一度もないさ」

「じゃあ……」

「余計な詮索《せんさく》なんて、意味はないさ」

ハイアがなにを考えているのか？　レイフォンはそのことに集中した。フェリを誘拐《ゆうかい》して、レイフォンとの戦いを求める。ハイアは同じサイハーデンの刀技を修《おさ》めた武芸者で、しかもその師《し》は、レイフォンの養父であり師でもあるデルクと兄弟弟子《でし》であったという。そのことでハイアはレイフォンに嫉妬《しっと》に似た感情を抱いているらしい、というのは傭兵団《ようへいだん》の念威繰者《ねんいそうしゃ》、フェルマウスから聞いた話だ。

「おれが求めてんのはあんたとの戦いさ。そのための準備《じゅんび》は怠《おこた》らないさ。逃《に》げられない準備をし、こっちが有利になる準備をする。それだけの話さ」

「………」

「言っとくけど、今日中に何とかしてやろうとは思わないことさ。悪だくみでおれっちたちと勝負して勝てると思ってるわけじゃないだろう？」

言うとハイアは壁から離れ、外に向かって歩き出す。

「戦う場所は追って知らせるさ。……そうそう」

足を止め、振り返ったハイアはレイフォンの腰《こし》に指を向けた。

「最初からこれだけは言っとく。使うのはそっちの錬金鋼《ダイト》さ」

指さした先、レイフォンの腰には二つの剣帯《けんたい》が交差して掛《か》けられている。ハイアがさしているのは簡易型錬金鋼《シム・ダイト》の方だ。

「……なにを、考えてるんだ？」

レイフォンの信念を踏《ふ》みにじる精神的攻撃《せいしんてきこうげき》か？　そう思った。だが、ハイアは以前の戦いの時にもレイフォンに刀を握《にぎ》らせたがっていた。

「おれっちだって信念を曲げてるさ。なら、脅迫《きょうはく》される側のそっちも、曲げて当然じゃないか」

そう言い残すと、後は振り返ることもなくハイアは去っていった。

†

練武館《れんぶかん》に帰り、レイフォンはフェリのことをニーナに伝えた。

「なんだと……」

ニーナは、しばらく声もなく立ちつくしていたかと思うと拳《こぶし》を握《にぎ》りしめ全身を震《ふる》わせた。

「痴《し》れ者どもがっ！」

怒《いか》りとともに、剄《けい》の波動が訓練室を満たした。感情に剄脈《びんかん》が敏感に反応《はんのう》している。それはニーナの剄の量が増《ま》し、武芸者として成長した証《あかし》であるのだが、レイフォンはそれよりも彼女の中にいまだいるという廃貴族《はいきぞく》が目覚めたのではと一瞬緊張《いっしゅんきんちょう》した。

「目的は、隊長の中にいる廃貴族とかいうものでしょうか？」

ナルキの言葉に、全員の視線《しせん》がレイフォンに集中した。

「わかりません」

落ち着きを取り戻したレイフォンは首を振った。

「ハイアはそのことに関してはなにも言いませんでした。ただ、僕《ぼく》との一騎打《いっきう》ちを望んでいると」

「信じられんな」

吐《は》き捨《す》てたのはダルシェナだ。

「目的のためなら他人を利用するのをなんとも思わないような連中だ。言葉を額面《がくめん》通りに受け取ってなんていられるか」

ハイアたち傭兵団が目的とする廃貴族の捕獲《ほかく》。現在《げんざい》、そのことで一番の被害者《ひがいしゃ》となったのはダルシェナがかつて所属《しょぞく》していた第十小隊だ。

「都市警察《けいさつ》に連絡《れんらく》しますか？」

ナルキの提案《ていあん》にニーナは首を振った。

「いや、ナルキには悪いが、傭兵団の戦力を考えれば都市警察の戦力では相手にならない。

……そうか」

そこまで呟《つぶや》いて、ニーナはなにかに気づいた。

「奴《やつ》らの考えていることがわかった。マイアスと傭兵団とは協力関係にはない。その可能《かのう》性《せい》はかなり低い」

「どうしてだ？」

ダルシェナの問いに、ニーナは推論《すいろん》を話した。

「たとえマイアスに対して教導《きょうどう》の過去《かこ》があったとしても、マイアスとツェルニが戦うということを事前に察知するなんて真似《まね》ができるとは思えない。それに学園都市同士の戦いに傭兵団という第三勢力《せいりょく》を絡《から》ませるようなやり方、証拠《しょうこ》を摑《つか》まれたら後日窮地《きゅうち》に陥《おちい》るのはマイアスの方だ。たとえ傭兵団の方から話を持ちかけたとしても、マイアスがそれを受けるとは思えない。

傭兵団はフェリ誘拐《ゆうかい》に対して、マイアスとの戦いを前にしてまともな対応ができない今の状況《じょうきょう》を利用したにすぎない。傭兵団の対処《たいしょ》にこちらが力を注げば、それだけマイアス戦が不利になる。なにしろ向こうは熟練者《じゅくれんしゃ》ぞろいだ。半端《はんぱ》な戦力を向けたところで返り討《う》ちになるだけだからな」

「あちらの言うことに従《したが》うしかない。というわけですね」

ナルキが悔《くや》しげに俯《うつむ》いた。

「しかし、考えたもんだ」

「感心してる場合か！」

シャーニッドにダルシェナが怒鳴《どな》る。

「それで、どうする？　奴らの言うことに従って、レイフォンと一騎打ちさせてやるのか？」

「従うしかないだろう。……が、その前に生徒会長に報告《ほうこく》しなければ。編制《へんせい》の問題が出てくるし、なにより、あの人はフェリの兄だ。この都市での唯一《ゆいいつ》の血縁《けつえん》なんだからな。秘密《ひみつ》にしておくわけにはいかない」

「あの人、なんて言うでしょうね」

レイフォンがぽつりと零《こぼ》した言葉に、誰も答えられなかった。

カリアン・ロスはこの日のためにレイフォンを武芸科《ぶげいか》に転科させた。そのレイフォンが対都市戦、武芸大会に参加できない。その事実を前にして、なんと言うのか？

実の妹を誘拐されてもなお、レイフォンに戦えというのか？

そんなことを言われたら、レイフォンは武芸科に転科することで返還《へんかん》された学費を叩《たた》き返してでも、フェリを助けるために動くつもりでいた。

「やってくれたものだ」

カリアンはソファの背《せ》もたれに全身を預《あず》けて天井《てんじょう》を仰《あお》いだ。

会議中だったところを無理やり引きずり出して、フェリ誘拐を伝えたのだ。生徒か役員たちが使用していた大会議室の隣《となり》にある別室にニーナとレイフォンは通された。全員で生徒会棟《とう》に動くのは目立つので、二人だけにしたのだ。

「それで、どうしますか？」

ニーナが硬《かた》い声で尋《たず》ねた。カリアンの返答次第《しだい》では……と彼女も覚悟《かくご》を決めた顔をしている。

「ふむ……」

カリアンはしばらく考え込んでいたが、おもむろに部屋にあった電話を使ってヴァンゼを呼《よ》び出した。

「どうした？」

訝《いぶか》しげな顔でやってきたヴァンゼは、室内にいるニーナとレイフォンを見、顔をしかめた。

「厄介事《やっかいごと》か？」

「さっき言ってた作戦だけどね、どうやら修正《しゅうせい》しないといけないようだ」

カリアンは、ヴァンゼにも事情を話した。

「くそっ、やってくれる。教師面《きょうしづら》の裏《うら》でそんなことをやるとはな」

「まぁ、彼らの正義《せいぎ》感について論《ろん》じたところで仕方がない。先日までは彼らの協力がありがたかったが、明日からもそうとは限《かぎ》らない。金銭契約《きんせんけいやく》なんてそんなものだよ。で、彼らの悪口に百万言費やしたところでなにか実りがあるわけでもないし、それほど暇《ひま》でもない。作戦はそのまま行うにしても、編制の見直しはしないといけないだろう。頼《たの》むよ」

「ああ、単独《たんどく》行動でも使える武芸者《ぶげいしゃ》となるとゴルネオとシャンテになるだろうな。だが、あの小隊もゴルネオの指揮能力《しきのうりょく》に拠《よ》ってた部分が大きい。実際《じっさい》、ゴルネオには生徒を大規《き》模《ぼ》に預けたいと思っていたんだが……」

「急にそんなことをやれと言われてもできるはずがないよ。それに、総司《そうし》令官《れいかん》は一人でいいんだし、なにより彼は五年生で、彼の在学中にもう一度大会が起こることもない。彼の成長はこの際置いておこう」

「そうするしかないか。だが、念威《ねんい》繰者《そうしゃ》の問題はどうする？」

「そうだね……」

「あの……」

二人の間で勝手に話が進んでいるのを危惧《きぐ》して、ニーナが口を挟《はさ》んだ。

「どういうことでしょうか？」

「ああ……」

ヴァンゼがニーナたちに向きあい、説明した。

「午後には編制と作戦を発表するつもりだったが、ちょうどいいから説明しておこう。本来であればお前たち第十七小隊は一般武芸科生徒を率《ひき》いることなく、単独でマイアスに潜《せん》入《にゅう》して生徒会の占拠《せんきょ》、あるいは内部からのかく乱《らん》に当たってもらおうと思っていた。だが、その作戦で第十七小隊を使う理由は、レイフォン・アルセイフがいるからだ。お前の戦闘《せんとう》能力は集団戦で用いるには大きすぎる力だ」

「あ、はぁ……」

「だが、そのレイフォンが使えないとなれば、作戦の見直しが必要になる。ゴルネオとシヤンテをその代わりに置くことで続行しようとはおもうが……」

「じゃあ、僕はハイアと一騎打《いっきう》ちしても？」

その問題に対して、二人ともがまともな回答をしてくれていないのだ。

「ああ、そのことか」

ヴァンゼはカリアンにまだ答えていなかったのかと小声で文句《もんく》をつけた。

「君の意見を聞こうと思ったんだけどね。君はすぐに頭を切り替《か》えたわけで」

「そんなことは当たり前だ」

今度こそ大きな声で怒鳴《どな》ると、ヴァンゼはレイフォンに向き直り、はっきりと明言した。

「やれ。卑劣《ひれつ》な策でこちらの作戦を邪魔《じゃま》されるのは腹立《はらだ》たしいが、それ以上に人質《ひとじち》を取るなどという下衆《げす》な方法が許《ゆる》せん。全力をもって間違《まちが》いを犯《おか》した愚《おろ》かさを思い知らせてやれ」

ヴァンゼに激励《げきれい》され、ニーナとレイフォンはそろって頭を下げた。

「レイフォン君」

いくつかの事柄《ことがら》を相談した後、退室《たいしつ》しようとしたところでカリアンに呼び止められた。

「問題の多い妹だが、あれでも妹だ。お願いするよ」

「……言われるまでもありません」

レイフォンは頷《うなず》いて部屋を出た。

「素直《すなお》にあいつの戦線離脱《りだつ》を承諾《しょうだく》したな？」

二人が去った後、ヴァンゼは意外な思いでカリアンに尋《たず》ねた。

「私だって血が通った人間だよ。肉親は可愛《かわい》いさ」

「それはそうだろうさ。だが、そもそもあいつはこの大会のために武芸科に引きずり込んだのだろう？」

「それはそうだよ。だけど、今年の戦いが明日の一戦で終わるとは思えない。それなら、彼との間に禍根《かこん》を残しておくべきじゃない。それに……」

「それに？」

「レイフォン・アルセイフという武芸者は、誇《ほこ》りでは戦わない。都市を守ることそれ自体に矜持《きょうじ》を抱《いだ》かない。彼は明確《めいかく》な誰かのためにしか戦わない武芸者だ。そんな彼が誰かのために動こうとしている時、それを阻《はば》むなんて真似《まね》ができるわけがない」

「厄介《やっかい》な性分だな」

「そうだね。きっと彼は名前のない大衆が何人死んでも、心が痛《いた》むぐらいの気分にしかならないのかもしれないね」

「危険《きけん》か？」

「さて……」

ヴァンゼが不安に感じるのは仕方がない。それはカリアンも同じだからだ。グレンダンで守ってきた孤児院《こじいん》から追われ、そしていまニーナ・アントークという強烈《きょうれつ》な意志《いし》に手を引かれている。自分以外の価値《かち》に重きを置き、その言葉通りに動く。もしも、レイフォンの行動を制《せい》する者がニーナから別の誰かに移《うつ》った時、彼は簡単《かんたん》に敵《てき》に変わるかもしれない。

「少なくとも、いまは大丈夫《だいじょうぶ》だろうね」

フェリを守るために動くのが友情か愛情かはわからない。だが、フェリを守ることにニーナが異《い》を唱えない以上、レイフォンは躊躇《ちゅうちょ》することはないだろう。

「我々《われわれ》にできるのは、彼を信じることぐらいだね」

†

その時、フェリは窓越《まどご》しにツェルニの巨大《きょだい》な足が動くのを見ていた。

「困《こま》ったことになりました」

ぼんやりとそう呟《つぶや》く。

狭《せま》い室内は、今腰《こし》をかけているベッド以外には小さなテーブルしかない。椅子《いす》がないと

いうことはベッドがその代わりなのだろう。

その室内はかすかに揺《ゆ》れていた。地に足をつけているのになんとなく安心感が伴《ともな》わないのは、この部屋を有している物体が宙《ちゅう》づりに近い状態《じょうたい》になっていることにもう気付いているためだろう。

ここは、放浪《ほうろう》バスの中だ。

サリンバン教導傭兵団《きょうどうようへいだん》の所有する大型の放浪バス。フェリはその一室に閉《と》じ込《こ》められていた。

昨日、レイフォンと別れてすぐにフェリは何者かに襲《おそ》われて気を失い、そして意識《いしき》を取り戻《もど》した時にはこの部屋にいた。

「まぁ、頭を冷やすにはちょうどいいかもしれませんね」

昨日のことにいまだ腹《はら》を立ててはいるが、自分でもなにをしているんだろうと後悔《こうかい》するところもある。ニーナたちと顔を合わせづらかったこともあるので、それを考えるといい口実ができた。

窓から覗《のぞ》く光景には都市の足以外になにもない。錬金鋼《ダイト》を取り上げられ、剄《けい》の使えないフェリには視《し》線《せん》の先にまさかマイアスという戦わなければならない都市が近づいていることは思いもよらない。

鉄製《てっせい》の扉《とびら》がガチャリと音を立てた。鍵《かぎ》が開けられたのだ。

「あのう……」

トレイを持って気弱な声とともに覗《のぞ》きこんだ顔には覚えがある。

「……名前を覚えてはいませんが、知ってます。やはり傭兵団の放浪バスですね」

「あ、はい。そうなんです」

ミュンファはどうしていいかわからない顔のまま部屋の中に入ってきた。

「食事を持ってきました。遅《おそ》くなってごめんなさい」

「いえ……」

フェリが小さく頭を振《ふ》る。

その時。

「どういうことだ！」

「ひゃっ！」

開きっぱなしになっていた扉の向こうで男の怒鳴り声が響《ひび》いた。いままさにテーブルの上に置かれようとしていたトレイが音を立て、のせられていた容器《ようき》の中でスープと水がはねた。もう少し大声が早ければ、床《ゆか》の上にばらまかれていたかもしれない。

「なんだか、大事になっているようですね」

「あ、ははは……」

ミュンファはひきつった笑いを浮《う》かべて、それ以上はなにも言わなかった。

「あの、食事が終わったら言ってくださいね、取りに来ますから。他にもトイレとか、困ったことがあったら言ってください。わたし、すぐそばにいますから」

「わかりました」

フェリが頷《うなず》くと、ミュンファは逃《に》げるように部屋から去っていく。

「……待つしかないでしょうね」

一人呟《つぶや》くと、空腹《くうふく》を埋《う》めるためにスプーンを取った。

†

「どういうつもりだ！」

その怒声を浴びているのはハイアだ。怒鳴ったのは傭兵団の中でも年長の、フェルマウスに次いで発言力のある男だった。その背後《はいご》には主要な傭兵たちがほとんど集まり、この事態《じたい》に怒り《いか》や困惑《こんわく》を示《しめ》して、ハイアにきつい視線《しせん》を送っている。

フェリの誘拐《ゆうかい》を、他の傭兵たちはこの時になって知ったのだ。ハイアを除《のぞ》く全員がバスから宿泊施設《しゅくはくしせつ》に移動《いどう》していたため、気づくのが遅《おく》れた。

「生徒会長の血縁《けつえん》だぞ。そんなものを誘拐して、なにを考えている」

フェリを監禁《かんきん》している部屋からミュンファの声が聞こえ、男は声を落とした。

「あいつとの決着さ」

「ハイア……お前は傭兵団《ようへいだん》を潰《つぶ》すつもりか？」

男の言葉にハイアは薄《うす》く笑った。

「どっちにしたって、もうじき解散《かいさん》さ」

そう答えると、ハイアはグレンダンから送られてきた手紙を示し、その内容を口頭で伝えた。

その内容を聞いた傭兵たちは動揺《どうよう》した。自分たちが傭兵として諸都市を放浪した目的が完遂《かんすい》したと認《みと》められ、褒賞《ほうしょう》を授《さず》けるとされているのだ。それを目的に傭兵となった者も、王家の命として従っていた者も、一様に複雑《ふくざつ》な顔をしつつもどこかに喜びが見え隠《かく》れしている。

「後のことは天剣授受者《てんけんじゅじゅしゃ》がやってくれるって言ってるのさ。なら、おれっちたちはグレンダンに行けばいいだけの話。明日には起こる都市戦が終われば、ここからおさらばするさ。それでここでの問題とはおさらばだ」

「しかし……」

「で、おれっちは別にグレンダン王家がくれる褒賞なんかには興味《きょうみ》ないさ」

ハイアははっきりと明言した。

「ここにきて、おれっちが望むのはあいつとの決着さ。それができるなら後はどうでもいい。おれっちをここから追い出したいんなら、そうすればいいさ。だが、それは明日の勝負が始まった後でのこと。それまでは誰にも邪魔《じゃま》はさせないさ」

ハイアが笑《え》みを収《おさ》め、その眼光《がんこう》で傭兵たちを威圧《いあつ》した。

傭兵たちの中にはハイアを我《わ》が子、我が弟のように思っている者もいる。先代団長であるリュホウが拾い、リュホウが育てた。この放浪バスの中でハイアは大きくなり、ここまで成長し、他の傭兵たちはそれを見届《みとど》けてきた。

ハイアとは自分たちを指揮《しき》する団長であると同時に保護《ほご》すべき家族だった。

これまでは。

「ハイア、なにを考えている？」

言葉を詰《つ》まらせながら、さらに男は尋《たず》ねた。

だが、ハイアはもはやなにも言わない。

その時、新たな足音がハイアの隣《となり》に立った。フェルマウスだ。

「フェルマウス、お前からも言ってくれ」

男は仮面《かめん》の念威繰者《ねんいそうしゃ》に頼《たよ》った。ハイアが誰よりも頭が上がらないのは、今は亡《な》きリュホウを除《のぞ》けば、このフェルマウスしかいない。この念威繰者が説得すれば、ハイアは翻意《ほんい》するだろうと、誰もが期待の目を向けた。

だが、フェルマウスが次に呟《つぶや》いたのは別の言葉だった。

「これがそこに落ちていた」

乾燥《かんそう》した機械音声とともに差し出したものを、ハイアを含《ふく》め全員が見た。

それは拳《こぶし》で握《にぎ》れる程度《ていど》の石だった。自然のものではなく、コンクリートの塊《かたまり》だ。それには細い紐《ひも》でしっかりと封筒《ふうとう》がくくりつけられている。

「これは……」

その封筒の宛名《あてな》部分に大きく描《えが》かれた紋章《もんしょう》に、全員の目が集中した。

グレンダンの紋章だ。

ハイアはそれを受け取り、紐をはずして封筒の中身を抜《ぬ》きとる。

手紙の内容を読んだハイアはなんともつかない笑い声を零《こぼ》した。

「……はっ」

「本物の天剣授受者ってのは相当な化け物さ」

そう言うと便箋《びんせん》をフェルマウスに渡《わた》した。

「フェルマウス……なんと？」

全員の視線がフェルマウスに移動し、読み終えたフェルマウスは簡単《かんたん》に説明する。

「天剣授受者、サヴァリス・クォルラフィン・ルッケンスがマイアスにいる。明日ある戦《せん》闘《とう》に乗じてそちらに移動するが、レイフォンに気取《けど》られては面倒《めんどう》なことになる可能性《かのうせい》がある。彼の注意を引くように、とのことだ」

「それは、おれたちの身柄の保障《ほしょう》を天剣授受者がしてくれるということだな？」

男のその言葉に、安堵《あんど》の息がそこかしこから漏《も》れた。彼らが恐《おそ》れているのはツェルニの武芸者《ぶげいしゃ》たちによる報復《ほうふく》ではなく、ただ一人、レイフォンだったのだ。

彼らのほとんどはツェルニにやってくるまで天剣授受者の強さを信じてはいなかった。だが、先のハイアとの一騎打《いっきう》ち、さらに二度の汚染獣《おせんじゅう》との戦いでレイフォンの恐《おそ》ろしさを十分に見せつけられている。

そのレイフォンの怒りの矛先《ほこさき》を、自分たちが受けなくていいことに安堵しているのだ。

そしてサヴァリスの要求を満たすのに、いまの自分たちの状況《じょうきょう》は格好《かっこう》のものとなってしまったのだ。

なんとかなった。そう喜ぶ傭兵たちの中で、ハイアは一人、納得《なっとく》のできない顔で呟いていた。

「マイアスからツェルニに石をぶん投げて届かせただって？　ほんとに、化け物さ……」

しかもこの場所めがけて、正確《せいかく》に、だ。

その強さがレイフォンにもあるのかどうか？　それを考えると、ハイアは腹《はら》の奥《おく》で燃《も》え上がるものがあるのを感じずにはいられなかった。

傭兵《ようへい》たちは動きだした。フェルマウスの指示《しじ》で見張《みは》りとして放浪《ほうろう》バスの周囲で待機する者、擬態《ぎたい》として今までどおりに宿泊施設で待機する者、都市に潜入《せんにゅう》して生徒会とレイフォンを監視《かんし》する者の三つに分けられる。

「ほっとしているのではないか。家から出ないでよくなったことに」

放浪バスの中にはハイアとフェルマウス、そしてフェリの見張りとしてミュンファのみが残っていた。

傭兵たちの中でもハイアが一番心を許《ゆる》せる二人だけが残ったことで、ハイアははっきりとふくれっ面《つら》を見せた。

「はっ、どっちにしたって、おれっちの信用はがた落ち。団長《だんちょう》はやめることになるだろうさ」

「それはどうかな？」

機械音声は感情《かんじょう》の抑揚《よくよう》までは表現《ひょうげん》できない。それなのに、どこか含《ふく》みのある笑いがこもっているように感じる。長年の付き合いだからわかる。本当に含み笑いをしているのだ。

「どっちにしたって、もうすぐ傭兵団は解散さ。そう言ったのはフェルマウスじゃないかさ～」

「おそらくはそうなるだろう。だが、だから他人に壊《こわ》されるなら自分で壊してしまえと考えたわけではないだろうな」

「あほらしい」

「では、どうして先走った？」

「……ここはおれっちの家さ」

壁《かべ》に走るパイプを撫《な》でながら、ハイアは答えた。

「ここで育ってきた。生まれた都市には良い思い出なんかない。ここがおれっちの家さ」

「ああ、そうだな」

頷《うなず》くフェルマウスの脳裏《のうり》に、ハイアを拾ってからの日々が流れた。

「だけど、故郷《ふるさと》を持ってる連中にとってはここよりも生まれた場所が、育った家のベッドの方が気持ちいいだろうさ。だけどさ、そのベッドが気持ちいいからって、いつまでもそこに居座《いすわ》るわけにはいかないさ」

「ハイア……」

パイプを撫《な》でる手が止まる。

フェルマウスは理解《りかい》した。ハイアは独《ひと》り立ちしようというのだ。傭兵団という家から、家族から。失われる前に自ら旅立とうとしているのだ。

だが、普通《ふつう》に独り立ちした者には帰る家が残る。独りに疲《つか》れた時に迎《むか》えてくれる家族がある。ハイアにはそれがない。傭兵団がグレンダンに戻《もど》る時、それはサリンバン教導傭兵団がなくなる時だ。事実どうなるかはまだわからないが、ハイアはそう思っている。

「ここを出て、どうするつもりだ？」

「さあ？」

振り返ったハイアはいつもの顔に戻っていた。

「とりあえずは適当《てきとう》にいろんなところをぶらついてみるさ。流れ者らしくさ～」

「わたしもっ！」

フェリのいる部屋の前で話を聞いていたミュンファが、大声をあげた。それに気づいたミュンファは顔を真っ赤にして俯《うつむ》いたが、すぐに決意を固めた顔を上げてハイアを見る。

「わたしも……一緒《いっしょ》に行きます」

「えー」

勢《いきお》い込んだその言葉に、ハイアは渋《しぶ》い顔をした。

「未熟者《みじゅくもの》のミュンファは邪魔《じゃま》さ～」

「う……」

その言葉に涙目《なみだめ》になったのを見て、ハイアは思いっきり笑った。

「あははははは！　嘘々《うそうそ》。好きにすればいいさ」

「え……本当に？」

「おれっちはもう団長じゃないさ。それなら、ミュンファに命令する権利《けんり》もない。好きにすればいいさ」

「うん……うん」

涙をぬぐいながら笑みを作るミュンファに、肩《かた》の力を抜《ぬ》いて笑いかけた。

†

そして、今日がやってきた。

「準備《じゅんび》はできましたか？」

ノックの後に入ってきたサヴァリスは部屋の様子に一瞬《いっしゅん》だけ目を見開いた。

「どうしました？」

荷造りはもう済《す》ませているリーリンは首を傾《かし》げた。

「すごくきれいですね」

窓《まど》から差し込む昼の陽光もあって、部屋の中は新品のように見えた。

「あははは、昨日なかなか眠《ねむ》れなくて……」

興奮《こうふん》なのか緊張《きんちょう》なのか、なかなか眠気が来なかったリーリンは、掃除《そうじ》の止《や》め時がわからなくなって際限《さいげん》なくやってしまったのだ。

「ま、いいですよ。シェルターへの移動はもうすぐ始まります。その前に抜け出しておかないと」

「あ、はい」

サヴァリスに促《うなが》され、リーリンはトランクケースを引いて後を追った。

轟音《ごうおん》とともに二つの都市が足を絡《から》ませるようにして外縁部《がいえんぶ》を接触《せっしょく》させたのは、早朝のことだった。お互《たが》い接触点近くに待機していた生徒会長同士が面会し、戦闘《せんとう》協定書に署名《しょめい》をし合った。

この戦闘が一般《いっぱん》の都市で行われる血の流れる戦争ではなく、学園都市連盟《れんめい》の定めたルールによって行われる試合であることを宣言《せんげん》し、それを順守することを誓約《せいやく》し、同時にルールの誤認《ごにん》がないかを確認することが目的だ。

この協定書は後に試合結果とともに両方の都市から学園都市連盟に複写《ふくしゃ》されたものが送られ、戦闘記録が付けられる。

署名が終了《しゅうりょう》した後、お互いの都市の大まかな地図が提出《ていしゅつ》され、戦闘地区と非《ひ》戦闘地区の確認、そして試合開始時間が協議される。

その結果、試合開始時間は正午《しょうご》からとなった。

「よい試合になればいいですね」

カリアンはマイアスの生徒会長の後ろに控《ひか》える武芸者《ぶげいしゃ》たちを見ながらそう言い、握手《あくしゅ》を求めた。すでにカリアンの背後にもツェルニの武芸者たちがそろっている。

「ええ、そう思います」

マイアスの生徒会長はカリアンの笑みにややのまれ気味になりながらも握手に応《おう》じた。

「どう思う？」

背後の武芸者たちの所に戻ったカリアンはヴァンゼに意見を求めた。

「士気は高そうだな」

「そうだね。うちの戦績《せんせき》は向こうも調べただろうから。楽勝の相手と思われたかな？」

「そうかもしれん。だが、それだけではないかもしれん」

慎重《しんちょう》なヴァンゼの意見にカリアンは同意した。

マイアスの生徒会長にはやや弱気な感があったが、それは性格《せいかく》的なものだろう。うかがうような眼《め》の奥《おく》には勝てるという強気が見え隠れしていた。

それに……とカリアンの視線はマイアスという都市そのものに向けられる。

ここから見える外縁部の何箇所《かしょ》かで舗装《ほそう》が剝《は》げていたり、明らかに大きなものを動かしたらしい傷《きず》があるのを見てとった。

「剄羅砲《けいらほう》でも動かしたかのような痕《あと》だね」

「ああ。最近、汚染獣《おせんじゆう》と戦ったか？」

「そして勝った。となるとあの士気の高さも頷けるのだけど」

「ふん、修羅場《しゆらば》の経験《けいけん》という意味では、いまのツェルニ《うち》に敵《かな》う者などいるものか！」

ヴァンゼの吹《ふ》かした鼻息に、カリアンは苦笑《くしよう》する。

「では、任《まか》せたよ。総大将《そうだいしよう》」

「ああ、任せろ」

そんなことが外縁部で行われたとは、さすがにリーリンにはわからない。宿泊施設《しゆくはくしせつ》に泊《と》まる客たちは、都市警察《けいさつ》から派遣《はけん》された先導員《せんどういん》によってロビーに集められようとしていた。

試合という形態《けいたい》をとっているとはいえ、戦場はこの都市全体だ。非《ひ》戦闘地区として指定されている都市の運営《うんえい》にかかわる重要な地区……農業科の擁《よう》する農場、養殖科《ようしょくか》の擁する牧場、水産プラント、錬金科の擁する工業地区、医療《いりょう》科の病院施設《しせつ》、浄水《じょうすい》・発電施設、地下の機関部、都市警察本署《ほんしょ》、図書館の本館等を例外にすれば、それ以外の全《すべ》てで武芸者たちが跳梁《ちょうりょう》し、その技量《ぎりょう》をぶつけ合うのだ。一般《いっぱん》人が気楽に歩けるような状態ではない。

「どうするんですか？」

非常口《ひじょうぐち》から抜《ぬ》けだしながら、リーリンはサヴァリスに尋《たず》ねた。

「向こうに潜《もぐ》り込むには、どうしても外縁部の接触点を通らなければいけませんからね」

「そうなんですか？」

「そこしかエア・フィールドが同化している場所がないんですよ。他の場所だと一瞬とはいえ汚染物質に触《ふ》れないといけませんよ」

「う……」

汚染物質に触れたことはないが、それだけに恐怖《きょうふ》感が強い。

「まぁ、どこか外縁部近くで様子を見るとして、あそこを抜けるのはどちらかに趨勢《すうせい》が傾《かたむ》いた一瞬ですね。その瞬間なら、あなたを抱《かか》えたままでもどちらともに気付かれずにいけますよ」

「う、すいません」

「いえいえ、あなたの安全を守るって約束してますから」

それはリーリンと交《か》わした約束ではなく、シノーラと交わした約束だ。ありがたいことだとは思う。が、シノーラの無体な性格《せいかく》に天剣授受者《てんけんじゅじゅしゃ》まで付き合わされると思うと、サヴァリスに同情もし、親近感も湧《わ》いてくる。

「あれ、サヴァリスさん、荷物はないんですか？」

リーリンはサヴァリスがなにも持っていないことに気づいた。

「え？　ああ、それはそうですよ。僕はマイアスで放浪《ほうろう》バスを待たなくてはいけないんですから」

「え？」

「え？　じゃないですよ。僕の目的地はツェルニじゃないんですから。もともと、あなたとはここでお別れになるはずだったんです」

「あ、そうだったんですか」

さきほどのシノーラとの約束もあり、サヴァリスはツェルニまでは来るものだと思っていた。

そうなると、ますます申し訳《わけ》ない気持ちになってくる。

「本当にすいません」

「いいですよ。こういう遊びはけっこう好きですし」

（遊びなんだ）

たしかにサヴァリスは楽しそうにしているが、そもそもいつも笑っているような人なので、区別が難《むずか》しい。

ただ、学園都市とはいえ、武芸者が始める都市戦争の間隙《かんげき》を縫《ぬ》って潜入するような危険《きけん》なことを『遊び』と言い切るところに、リーリンは天剣授受者の自信を見た気がした。

「あ、そうだ」

「はい？」

ぽんと手を打ったサヴァリスが、リーリンを見た。

「向こうについてレイフォンに会うんでしょうけれど、僕と一緒《いっしょ》だったことは内緒にしておいてくださいね」

「え？」

もともと、レイフォンに特に話さなければと思っていたわけではないが、わざわざ釘《くぎ》をさしてくることに首を傾げた。

「一応《いちおう》、秘《ひ》密任務《みつにんむ》ですし。天剣授受者が軽々とグレンダンから出ているなんて、あまり言いふらして良いものでもありませんから」

「はい、わかりました」

そういうものなんだろうと、リーリンは喋《しゃべ》らないことを誓《ちか》った。

「お願いします。さ、行きましょう。適当《てきとう》に時間を潰《つぶ》せる場所を探《さが》さないといけませんしね」

サヴァリスがトランクケースを持ってくれ、先を歩く。

リーリンはそれを追いかけた。

05 刀争劇《とうそうげき》

正午を告げるチャイムが鳴る。

それは、いつもなら昼休憩《きゅうけい》を示《しめ》すのどかな音であったはずだが、今日ばかりはその意味合いが変化せざるをえない状況《じょうきょう》にあった。

ツェルニ、マイアスで鬨《とき》を合わせる。活剄《かっけい》の威嚇術《いかくじゅつ》が織《お》り交《ま》ぜられた数百人の武芸者《ぶげいしゃ》による大音声《だいおんじょう》は、大気そのものを揺《ゆ》るがし、衝突《しょうとつ》した。

両者の総司令《そうしれい》が進撃《しんげき》の指示《しじ》を飛ばす。

「かかれぇ！」

ヴァンゼの咆哮《ほうこう》のような指示の下《もと》、第二小隊を中心とした先鋒《せんぽう》部隊が前へと出る。マイアスもそれに合わせて先鋒部隊が前に出、高速運動によって生まれる衝撃波《しょうげきは》が巨大《きょだい》な波紋《はもん》を描《えが》いた。

「数は互角《ごかく》か」

外縁部に集結しているマイアス側の武芸者の数は、二百人になるかならぬかという程度《ていど》で、こちらとそう差のある数ではなかった。問題はここではない場所に配置されている武芸者の数だ。

ツェルニでは都市内に侵入《しんにゅう》された場合を考えて、三十名の武芸者と多数の念威《ねんい》繰者《そうしゃ》を抱《かか》えた後方防衛《ぼうえい》部隊を第十一小隊に預《あず》けている。彼らは都市中に配置した念威繰者による情《じょう》報支援《ほうしえん》を得て、侵入したマイアスの部隊を迎撃《げいげき》するのが目的だ。

先鋒部隊同士の戦いは互角のまま続いている。

ヴァンゼの目は、ここからでも見えるマイアスの中央を見た。

武芸大会の勝利条件《じょうけん》は敵側司令部の占拠《せんきょ》、あるいは都市機関部の破壊《はかい》にある。だが、もちろん実際《じっさい》に機関部を破壊されるような事態になることはどちらの武芸者も避《さ》ける。これは普通《ふつう》の都市同士の戦争においても同様だ。

機関部の破壊はその都市の実質《じっしつ》的死を意味する。なんの罪《つみ》もない一般《いっぱん》市民を戦争の巻《ま》き添《ぞ》えにすることは後味の悪さを残す。たとえその都市がその敗北でセルニウム鉱山《こうざん》をすべて失い、ゆるやかな破滅《はめつ》を迎《むか》えることになっていたとしても、自分たちが直接《ちょくせつ》的に止《とど》めを刺《さ》すよりははるかに罪悪《ざいあく》感を軽減《けいげん》される。

ならば残る勝利方法は敵側司令部の占拠、つまり生徒会棟《とう》の占拠となる。

学園都市での占拠とは生徒会棟に辿《たど》り着き、そこに揚《あ》げられた旗を奪取《だっしゅ》することだ。

小隊対抗戦《たいこうせん》の大規模《だいきぼ》版《ばん》と考えれば、そう間違《まちが》いはない。

だからこそ、ここでの戦いの趨勢《すうせい》は大切ではあるが最重要ではない。潜入した少数部隊によって旗を奪われれば、それで終わりだからだ。

「タイミングを見て先鋒部隊を第二部隊と交代させる。砲撃《ほうげき》部隊用意。交代の隙《すき》を突《つ》かれるな」

砲撃部隊が準備《じゅんび》を開始し、第十六小隊が指揮《しき》する第二陣《じん》がヴァンゼの合図を待ちながら剄《けい》を練る。

「いまだ!」

その声とともに先鋒部隊が下がる。追撃をかけようとするマイアスの先鋒部隊を砲撃部隊がけん制《せい》し、足を止める。

そこに第十六小隊が得意の旋剄《せんけい》によって中央突破《とっぱ》を図った。

その時、ニーナたちは主戦場である外縁部《がいえんぶ》接触点《せっしょくてん》から離《はな》れた場所にいた。

「どうだ?」

「もう少し、あそこの熱が上がってくれればな」

シャーニッドの問いに双眼鏡《そうがんきょう》を使って戦況《せんきょう》を見守るニーナはそう答える。

ニーナたちは都市外装備《そうび》を着こみ、ツェルニの足下にいた。

外縁部接触点以外からの侵入は違反《いはん》ではない。都市外装備を着ることも同様だ。実際にマイアスにも都市外から潜入を図る部隊はいるだろう。

奇抜な作戦ではないが、堅実《けんじつ》でもない。小細工の部類にはいるものだ。こうした少数潜入部隊は、見つかればそのまま大事な戦力を無駄《むだ》に消費する可能性《かのうせい》を内包している。

しかし、有効《ゆうこう》であることもまた否定《ひてい》できない。

潜入部隊をニーナたちのみとしたのは、総司令であるヴァンゼに戦場で堂々と勝利したい気持ちがあるからだろう。

ニーナとてそれは変わりないが、勝たなくては意味がないのも確かだ。

「じきに第二陣が切り崩《くず》しにかかる。その時にうまく相手が乱《みだ》れてくれれば……その時がチャンスだな」

そう言って、ニーナは傍《かたわ》らにいるゴルネオを見た。ゴルネオは黙《だま》って同意を示《しめ》して頷《うなず》いた。

結局、レイフォンが抜《ぬ》けた穴《あな》はゴルネオとシャンテの二人で埋《う》められることとなった。ゴルネオにはそのことは伝えられていない。全体に対しても、レイフォンは単独《たんどく》での別任《にん》務《む》があるように伝えられている。そうでなければ納得《なっとく》しない者もいるだろうからだ。

作戦の決定権を持つゴルネオは知っているはずだが、異論を唱《とな》える様子はなかった。

「第二陣動きました」

ニーナに代わって双眼鏡で様子を見ていたナルキが告げる。現在、全員が殺到《さっけい》を維持《いじ》しているので、大きく剄を使うことができないのだ。

「よし、このまま徒歩で移動《いどう》する」

同じように、都市外装備のヘルメット部分は旧式《きゅうしき》のものが使われている。最新式は念威《ねんい》繰者《そうしゃ》によって視界《しかい》を確保《かくほ》するようになっているが、今回は結局、念威繰者によるサポートはなしということに決定した。フェリのような広範囲《はんい》をフォローできる念威繰者が他にいないからだ。

マイアスの足下《あしもと》に辿《たど》り着いたニーナたちは、そこからワイヤーを投じる。外縁部の下方にある排気《はいき》ダクトにワイヤーは絡《から》み付き、牽引機《けんいんき》を使って登っていく。

さらにそこからパイプなどの手掛かりを利用して、ようやく外縁部に到着《とうちゃく》した。

ヘルメットを外し視界を広げる。

見つかった様子はない。

「よし、行くぞ」

ニーナの抑《おさ》えた声に全員が頷《うなず》き、生徒会棟に向けて走り出した。

†

都市戦が始まってしまった。

「なんてこと……」

傭兵団《ようへいだん》のバスの中で、フェリはこの状況《じょうきょう》に唖然《あぜん》とするしかなかった。都市の足の向こう側に見えるのは間違《まちが》いなく敵対《てきたい》することになった学園都市だ。

そして、ここからでも聞こえる騒々《そうぞう》しい空気。戦いの音。

始まってしまったのだ。

「このタイミングを狙《ねら》われていた？」

フェリはハイアたちの行動の裏《うら》に都市戦が近いことを察知してのものだったのかと考えた。

しかし、なんのために？

「廃貴族《はいきぞく》を手に入れるため……それではわたしを誘拐《ゆうかい》した意味がわからない」

どうしてこのタイミングにしたのかの説明がつかない気がする。フェリを誘拐して有能な念威繰者を欠けさせる。そうすることでツェルニの戦力に打撃を与《あた》えたとして、それで傭兵団になんの得があるのか？

ニーナに廃貴族がいまだ憑依《ひょうい》していることを知ったか？　ニーナの身柄《みがら》を得る交換《こうかん》条件として会長の妹である自分が選ばれてしまったのか？

「わたしが、足を引っ張るだなんて……」

そのことがフェリに自責《じせき》の念を湧《わ》きあがらせた。自分の能力《のうりょく》が稀《まれ》な存在《そんざい》であることを自覚しているだけに、こんな事態に望まずになってしまったことが腹立《はらだ》たしくなる。

だが、錬金鋼《ダイト》のないフェリにできることはない。

念威だけは飛ばすことができる。だが、わかるのはせいぜい外の状況ぐらいのものだ。錬金鋼《ダイト》があれば念威爆雷《ばくらい》を利用してなんとかすることができたかもしれないが……

（いえ……）

フェリを捕《つか》まえているのはサリンバン教導《きょうどう》傭兵団だ。才能はあっても経験では格段《かくだん》の開きがある。しかもそんな武芸者が多数控《ひか》えているのだ。念威繰者一人でどうこうできるものではない。

しかも、その念威の能力も封《ふう》じられている。

「信じられません」

言葉だけは淡々《たんたん》としているが、フェリの内心は驚愕《きょうがく》と屈辱《くつじょく》で乱《みだ》れていた。錬金鋼《ダイト》がなくともフェリは念威を使うことができる。生まれ付いて膨大《ぼうだい》な念威を持つフェリだからこそできることだ。だからこそ、傭兵団はフェリがそんなことができるとは知らないだろう。

そう思っていたのだが、甘《あま》くはなかった。

フェリの髪《かみ》が淡《あわ》く輝《かがや》く。念威を解《と》き放つ。

「っ！」

だが、その不可視の感覚波は室内を出ようとしたところで激《はげ》しい頭痛《ずつう》を伴《ともな》う騒音《ノイズ》に触れてしまう。

フェリはそれ以上、念威を広げることもできず放出を止《や》めるしかない。

妨害《ぼうがい》されているのだ。

「フェルマウス……」

たしか、傭兵団の念威繰者の名はそう言ったはずだ。

小隊戦で敵小隊の念威を妨害し、探査《たんさ》精度《せいど》を落とすことは誰《だれ》もがやっていることだ。フェリも何度か敵の念威を乗っ取るということをしたことがある。いま妨害しているだろうフェルマウスの念威端子《たんし》を奪《うば》い取ったことさえある。

だが、ここまではっきりとした念威妨害を受けたことは初めてだった。

フェリの不幸はここにある。経験上の優位《ゆうい》に立たれたことはある。この間の第一小隊での戦いもそうだ。

だが、自分と拮抗《きっこう》した才能の持ち主に、フェリは出会ったことがない。経験上の罠《わな》は知ることでそれに対処《たいしょ》する方法を見出《みいだ》すことができる。だが、その経験に才能が上乗せされた時、フェリは対処の方法を見失っていた。拮抗、あるいは実力を凌駕《りょうが》された時にどう対処すればいいかを、フェリは学ぶことができなかったからだ。

しかも錬金鋼《ダイト》のない不完全な状態《じょうたい》でもある。

大人しくしているしかない。

残っている頭痛の残滓《ざんし》をこめかみを押さえて振り払い、フェリは壁《かべ》に背《せ》を預《あず》けた。

「助けを待つしかないですね」

助け……誰が来るだろう？　放置されたままでは誘拐の意味はないが……交渉《こうしょう》に兄が来るだろうか？　それが一番現実《げんじつ》的な気がする。だが、傭兵団の目的がまだわからない。廃貴族が目的ならばニーナが来るということにもなる。

「フォンフォンは、助けに来てくれるでしょうか……？」

ずっとそのことを考えていた。

ニーナが行方《ゆくえ》不明になった時、レイフォンは目をそらしたくなるぐらいに動揺《どうよう》していた。彼女のためにあそこまで心を乱《みだ》されるレイフォンを見たくはなかった。だが、そんなレイフォンを自分が支《ささ》えなければと、フェリはずっと彼を手伝った。

あの時のように、レイフォンは自分がいなくなったことに動揺してくれているだろうか？

助けに来てくれるだろうか？

そのことに考えが至《いた》るたびに手の内側に汗《あせ》が浮《う》かび、頭の芯《しん》が痺《しび》れるような、冷え切るような奇妙《きみよう》な感覚になる。

レイフォンとフェリの間に存在する関係とは何か？　それを考えた時、寒いものが体の中をすり抜けていく。

同じ学び舎《や》に通う学生同士？　友人？　同じ隊の仲間？　先輩《せんぱい》と後輩？　男と女？　恋人《びと》？　愛人？

後半になればなるほど真実味が失《う》せていくことを否定《ひてい》できない。あの究極《きゆうきよく》の鈍感《どんかん》男は曲《きよっ》解《かい》しようのない直線的な方法で自分の気持ちを表現しない限《かぎ》り、気付くことはないだろう。

どうして、あそこまで他人の感情に鈍感でいられるのか、その理由はまるでわからないのだけど。

（ああ、もう……恨《うら》みますよ）

だからこそ、フェリはこんなにもレイフォンの気持ちに左右されなければならない。

フェリは言葉にせず、心の中でそう唸《うな》った。

その時だ。

震動《しんどう》が壁に背を預けたままだったフェリの体をゆすった。

「なっ」

あまりの衝撃《しょうげき》に部屋全体が揺《ゆ》れる。思わず床《ゆか》に手を付いてしまったほどの震動だ。バス全体が揺れたということなのだろう。

「なにが……」

それは、反射《はんしゃ》的な行為《こうい》だった。フェリは妨害されていることも忘《わす》れてとっさに念威を放射する。

妨害はなかった。この震動が原因《げんいん》なのか、それともフェルマウスが意図的に解《と》いたのか。

バスの外には傭兵《ようへい》たちがいた。

ハイアがいた。

戦っていた。

そして……

「……レイフォン」

彼が戦っていた。

†

放浪バスの停留所《ていりゅうじょ》には係留索《けいりゅうさく》で吊《つ》るされたままの大型放浪バスがある。

吹《ふ》き荒《あ》れる風がバスをかすかに身じろぎさせ、緩衝《かんしょう》プレートに車体をこすりつける音が響《ひび》いた。

放浪バスの前にはハイアが立っていた。

「約束どおりに一人。さすがさ」

どこか揶揄《やゆ》する響《ひび》きを乗せて、ハイアは言った。

レイフォンは感情を宿さない瞳《ひとみ》でそんなハイアと、周囲を囲むようにして立つ傭兵たちを見た。

「前にも言わなかったかな？　貴様《きさま》らを相手にするのに策なんていらない。僕一人がいればそれで十分だ」

「はっ、相変わらずふざけた奴《やつ》さ。うちの奴ら挑発《ちょうはつ》して、あの嬢《じょう》ちゃんが無事でいられると思ってるのか？」

ハイアの言い分はもちろんブラフだとわかっている。

だが、あえてレイフォンはそれに乗った。

「やってみればいいじゃないか。……その後で自分たちがこの世にいられると本気で思ってるのなら」

突如《とつじょ》、レイフォンの右腕《みぎうで》が消失し、その延長線《えんちょう》上で爆発《ばくはつ》音とくぐもった悲鳴とが連なった。

レイフォンの放った衝剄《しょうけい》は傭兵の一人を撃《う》ち、そしてその一撃で失神した。

その一撃は他の傭兵たちに、ひいてはハイア自身への警告《けいこく》の意味をこめて放った。

「勝負はお前との一騎《いっき》打《う》ち。その後でフェリ先輩が無事に解放《かいほう》されるなら、他の連中の安全は約束する。罪《つみ》にも問わない。生徒会長と約束済《ず》みだ」

これは事実だ。ここで彼らの罪を追及《ついきゅう》し、逆上による暴走《ぼうそう》をされても困《こま》る。特にハイアとの一騎打ちの最中にそれをやられては、いくらレイフォンでも対処《たいしょ》が遅《おく》れてしまうことになる。

「望むなら今後もうちへの教導《きょうどう》の契約《けいやく》は継続《けいぞく》していいと、もちろん、報酬《ほうしゅう》については再検《さいけん》討《とう》するそうだけど。生徒会長は僕と違《ちが》って、ずいぶん慈悲深《じひぶか》いね」

カリアンの言葉を借りれば、この提案《ていあん》を受ける受けないはどうでもいい。ツェルニ《こちら》側が許《ゆる》す態度を見せていれば彼らを無用な暴挙に誘《さそ》うことはない、ということだそうだ。

「ずいぶんとやってくれるさ。だけどな、お前は、おれっちのもう一つの条件を呑《の》んだのかさ？」

もう一つの条件。刀を使うこと。

「…………」

レイフォンは無言で簡易型複合錬金鋼《シム・アダマンダイト》を剣帯から抜き出した。

「……自分の信念を曲げるのは勝手だよ。好きにやればいいじゃないか。だけど、それを相手に強制《きょうせい》してるんだから……」

復元。

漆黒《しっこく》を帯びた刀身が、正午の陽光《ようこう》を吸《す》い取って表層《ひょうそう》の奥《おく》にある赤や青の色を浮き上がらせる。

「お前だけはただで済《す》むと思うな」

「上等さ」

ハイアもまた鋼鉄錬金鋼《アイアンダイト》を復元する。

刀と刀。同じサイハーデンの刀技を修《おさ》めた者同士。レイフォンの簡易型複合錬金鋼《シム・アダマンダイト》には安全装置《そうち》がかかっているために一撃で人を殺すようなことはできない。逆にハイアの鋼鉄《アイアン》錬金鋼《ダイト》にはそんなものはない。

この差がどういう結果を生むか、周囲の傭兵たちに推測《すいそく》できるのはそれぐらいのことしかなかった。

あるいは、それのみが唯一《ゆいいつ》の勝利への突破口《とっぱこう》だと考えていたかもしれない。

二人が同時に剣を持ち上げた。八双《はっそう》。同じ構《かま》えとなって、打ち込む機会を探《さぐ》り合う。

第十小隊との試合の時の繰《く》り返しだ。二人の間にある空間では無数の想像《そうぞう》の剣が斬線《ざんせん》を描《えが》き、それに応じる斬線がまた走る。わずかな動作の気配はただそれだけで相手に意図を察知され、相手の動きを知っているということでもある。同じ技を使うということは、相手の動きを知っているということでもある。そ
の動きは封《ふう》じられる。

その繰り返しを続けるうちに……

「ちぇあっ！」

「らぁぁっ！」

二人は同時に気合を放ち、前へと飛び出した。

中央で二人は衝突《しょうとつ》する。お互いに放った武器破壊《ぶきはかい》の技、蝕壊《しょくかい》をいなし、斬撃を流し、衝《しょう》
勁《けい》を衝突させる。

「ちぃぃぃ……」

その一撃で趨勢《すうせい》を自らに傾《かたむ》けたのは、やはりというかレイフォンだった。小技は当たり
前に対処され、斬線も迎撃《げいげき》された。

衝剄の密度《みつど》ではレイフォンが圧倒《あっとう》する。ハイアの衝剄を瞬時《しゅんじ》に呑《の》み込み、突《つ》き飛ばす。

ハイアの体が飛ぶ。外縁部《がいえんぶ》の縁《へり》近くまで飛ばされ、ギリギリのところで着地する。

レイフォンの攻めは止まらない。飛んだ後を追い、次の一撃を加える。ハイアの刀がそれを受け、逆襲《ぎゃくしゅう》に転じるが、レイフォンの足はそこに根が生《は》えたかのように動かない。

レイフォンが一歩前に踏《ふ》み出すごとに、ハイアの足が後ろに下がる。

二人の戦いは荒《あ》れ狂《くる》う剄によって包まれていた。

技によって生じる衝剄の余波《よは》もそうだが、それとは別の剄がまるで生き物のように二人の上空で渦《うず》を巻き、身をよじらせている。

「いかん」

その危険《きけん》を察知したのは、戦いを外側から見ていたフェルマウスだった。

上空で身をよじらせ竜巻《たつまき》と化した衝剄が突如《とつじょ》としてハイアを頭上から襲《おそ》う。

外力系衝剄の変化、蛇落《へびお》とし。

刃を交わしながら上空で練られた竜巻状の衝剄がハイアを包み、風圧の中に取り込む。

ハイアの足が宙《ちゅう》に浮《う》いた。

ハイアを呑みこみ、蛇体をくねらせるように方向を転じた竜巻は、そのまま外縁部の外に飛び立とうとする。

だが、ハイアもなんの策《さく》もなくレイフォンに剄を練らせていたわけではない。

「ちぃぃっ！」

刀を腰《こし》まで戻《もど》したハイアは、いきなり左手で刀身を摑《つか》むと抜《ぬ》き打ちの形で一閃《いっせん》させた。

その刀身に炎《ほのお》が揺《ゆ》らぐ。それは幻《まぼろし》にしか過《す》ぎない。刃《やいば》を走る衝剄と、発射台の役割《やくわり》を担《にな》った左手を包む剄との間でのぶつかりあいが生んだ、一瞬の炎だ。だが、炎の陰《かげ》に隠《かく》れた斬撃はレイフォンの竜巻を一刀両断《りょうだん》した。

サイハーデン刀争術《とうそうじゅつ》、焔切《ほむらぎ》り。

燃《も》え盛《さか》る炎を静かに両断する刀閃は竜巻を二分し、ハイアの体を風圧の束縛《そくばく》から解放《かいほう》した。

だが、足をつけたところは外縁部の縁そのものだった。

そしてレイフォンは、自らの技が破《やぶ》られたことに固執《こしゅう》せず前へと出る。

この瞬間、ハイアは決断を迫《せま》られていた。

レイフォンの圧倒《あっとう》的な剄力を前にして、この戦場は狭《せま》すぎる。

だが、前へと出ることをレイフォンは許《ゆる》さないだろう。

ならば……？

そしてその時、ハイアはレイフォンの意図を察知してもいた。

「いいさ。乗ってやるさ〜」

バランスを後ろにやる、自然、ハイアの体は斜《なな》めに傾《かし》ぐ。そこにはもはや外縁部は続いていない。はるか下に本来の地面があるだけだ。

十分に体が斜めになった。レイフォンはすぐそこにいる。

足に込めた剄を爆発《ばくはつ》させる。

内力系活剄《かつけい》の変化、旋剄《せんけい》。

ハイアは跳《と》んだ。はるか後方にあるマイアスへと。

それを追って、レイフォンも跳んだ。

†

濃密《のうみつ》な剄のうねりを、サヴァリスは確《たし》かに感じた。

「動いたな」

「え？」

傍《かたわ》らにいたリーリンがこちらを見上げてくる。

サヴァリスたちは接触点《せっしょくてん》に近い場所にある建物の中にいた。倉庫を改築《かいちく》したような体裁《ていさい》のライブハウスだ。外を見るための窓《まど》は受付の部分にしかなく、サヴァリスはそこから外の様子を眺《なが》めていた。

「いえ……出ますよ」

「あ、はい」

問いたげなリーリンを促《うなが》し、サヴァリスたちは外に出た。

「どうやって向こうに行くんですか？」

暗い場所から一転して昼の太陽の下に。リーリンは眩《まぶ》しげに目を細めた。ここからなら接触点の激戦は一般人《いっぱんじん》の視力《しりょく》でも見ることができる。

一時はツェルニ側第二陣《じん》による一点突破《とっぱ》作戦によって崩《くず》れかけたマイアスだが、そこからなんとか陣容を立て直し、押し返すことに成功している。

戦況《せんきょう》はいまだ拮抗《きっこう》しているといってよい状態だった。

そんな詳《くわ》しいことがリーリンにわかっているはずもないが、あそこまで武芸者が集結した場所を、誰にも気づかずに通り抜けることが不可能《ふかのう》に見えるのは当然だろう。

「最初の方で説明したと思いましたけど？」

「いえ、確かに。わたしを担《かつ》いでいくんでしょうけど……」

「じゃ、ちょっと失礼しますよ」

「きゃっ」

サヴァリスはさっと動き、トランクケースを片手《かたて》に持ったままリーリンを抱《だ》き上げる。

軽く跳躍《ちょうやく》。ライブハウスの屋根に着地する。

「ふむ……ま、これぐらいの高さがあれば十分かな？」

「あの……？」

不安げな顔をしているリーリンを笑顔と言葉で黙《だま》らせた。

「ところでリーリンさん。運動は苦手そうですが、一分ぐらい息を止めておくぐらいはできますよね」

「そ、それぐらいは」

馬鹿《ばか》にされたと思ったのか、リーリンはむきになった様子で頷《うなず》いた。

「それならけっこう」

サヴァリスは屈伸《くっしん》運動の要領《ようりょう》で膝《ひざ》を曲げた。一般人を抱いているので全力の高速移動《いどう》はできない。

だが……

「息を止めて、しっかりつかまっていてくださいね」

息を止めれば、自然、体が緊張《きんちょう》で強張《こわば》る。リーリンがそうしたのを確認《かくにん》して、サヴァリスは膝にためた力を解放した。

跳ぶ。

だがそれは、現在地から接触点を通ってツェルニへという直線を描く跳躍ではない。

高く、舞《ま》い上がった。

サヴァリスの跳躍は高度を重視し、それはエア・フィールドの境界面《きょうかいめん》にまで達する。

足下《あしもと》には激戦が繰《く》り広げられる接触点があった。

(この高さなら誰にも気づかれないだろうね)

普通に移動すればリーリンの気配を念威繰者《ねんいそうしゃ》が発見する可能性は高かった。

だが、誰がエア・フィールドの境界面ぎりぎりの高度を通って、自分の都市に潜入《せんにゅう》する者がいると思うだろう。

(それに……)

唯一《ゆいいつ》の懸念《けねん》であったレイフォンはサリンバン教導傭兵団《きょうどうようへいだん》の陽動にかかって、こちらに気づく様子を見せない。また、跳躍した後のサヴァリスは勢《いきお》いに任《まか》せて殺剄《さっけい》を維持《いじ》することに集中していた。跳躍時の剄には気づいたかもしれないが、その後がなければ気のせいと判断《はんだん》するかもしれない。

主戦場の熱気と衝突する剄の余波が大気を乱《みだ》れさせている。頭上にエア・フィールドの不可視の圧迫《あっぱく》を感じながら、その流れに乗る。

長大な放物線は、大気によって乱れ気味になりながら描ききられた。

トン……と静かに着地したサヴァリスはリーリンの肩《かた》を叩《たた》く。

「もういいですよ」

「え？……え？」

ぎゅっと目を閉《と》じていたリーリンはそれで自分のいる場所を確認《かくにん》する。

「ここ……が？」

「ええ。ツェルニです」

「…………」

地面に足をつけたリーリンは、半ば我《われ》を失った様子で建ち並《なら》ぶ建物を見ている。

「ここが、いまのレイフォンの……」

到着《とうちゃく》したことへの感慨《かんがい》か、それとも見知らぬ場所に見知った人間が住んでいるという微《かす》かな認識《にんしき》の誤差《ごさ》への戸惑《とまど》いか、リーリンはしばしそのまま動かなかった。

しかしやがて、我に返ったリーリンは振り返るとサヴァリスに深々と頭を下げた。

「ありがとうございました」

「いえいえ、約束を果たせて満足です」

女王の命令がこれで失効《しっこう》したわけではないが、リーリンにはとりあえずそう思っていてもらおう。

サヴァリスのその判断には、それほど深い意味があるわけではなかった。

マイアスで出会ったあの武芸者が本当にツェルニの生徒であったのなら、サヴァリスがマイアスにいたことは早晩、もしかしたらすでにレイフォンの耳に入っていることになる。

そうなれば、リーリンに内緒《ないしょ》にしておくことに意味はない。

サヴァリスはツェルニに残り、廃貴族《はいきぞく》をグレンダンに持ち帰る。

それが女王アルシェイラからの勅命《ちょくめい》だ。

しかし、それをあえてリーリンに話さなければいけない理由もない。そのための、時間稼《かせ》ぎの嘘《うそ》だ。

（しょせんはこの程度《ていど》）

サヴァリス自身、自分が策士に向いているとは思っていない。あくまでも戦う者であり、戦う者であると自任している。

（だから、まぁ……嫌《いや》がらせだよね）

レイフォンへの。かつてグレンダンにいる頃《ころ》の護《まも》るべき者だったリーリンがこの事実を知らない。それがレイフォンにとってどういう作用を及《およ》ぼすのか、あるいは及ぼさないのか。それをちょっと見てみたい。

その程度のものでしかない。

「とにかく、すぐに隠《かく》れておいた方がいいですよ。シェルターが見つかればそちらに。僕はもういかなくてはいけないので」

「あ、わかりました。本当にありがとうございました」

「……気を付けて」

言い残すと、サヴァリスはリーリンの前から消えた。

「さて、情報《じょうほう》をもらってこようかな」

行く先は、もう決まっている。

サヴァリスが向かったのは、ツェルニの宿泊施設《しゅくはくしせつ》だった。

戦闘《せんとう》の余韻《よいん》は荒《あ》れた外縁部《がいえんぶ》だけが留《とど》め、空気は静けさを取り戻《もど》していた。接触点からの戦闘音は聞こえてくるが、それも騒《さわ》がしいというほどではない。

停留所に、一際《ひときわ》大きな放浪《ほうろう》バスが係留されていた。その周りに数人の武芸者《ぶげいしゃ》たちが集まっている。

サリンバン教導傭兵団は彼らで間違《まちが》いないだろう。

「僕の荷物は届いてますか？」

そう声をかけると、全員が驚《おどろ》いた反応《はんのう》を見せた。殺到をしていたとはいえ、誰《だれ》も気づかなかったようだ。

(なるほど。まぁ、過剰《かじょう》な期待はしない方がよさそうだ)

殺気を見せていないとはいえ、平和な対応だ。傭兵として諸都市を回ったといっても、グレンダンの激しさには遠く及ばないのだろう。

(やはり、我が都市が一番楽しい場所か)

軽い失望とともに傭兵たちの次なる反応を見る。

「あなたが、天剣授受者《てんけんじゅじゅしゃ》ですか？」

返事をしたのは機械音声だった。放浪バスの中から新たな人物が姿《すがた》を見せる。

「へえ……」

フードと仮面《かめん》で顔を隠した人物に、サヴァリスは好奇心《こうきしん》が湧《わ》いた。一方ならぬ雰囲気《ふんいき》がある。

「念威繰者《ねんいそうしゃ》か？」

「はい。フェルマウス・フォーアと申します」

「フォーア？」

その家名に、サヴァリスは覚えがあった。

「グレンダンの出身？」

「はい」

ますます面白《おもしろ》い。

「まさか、フォーアの家系《かけい》が外に出ているとは思わなかった」

「不出来なものゆえ」

「ふうん」

言葉通りではないだろう。フェルマウスが纏《まと》う気配は只者《ただもの》ではない。

「まぁいいさ。それで荷物は？　手紙は読んだんですよね？」

「届いています。手紙の通りにも実行しました」

手紙をツェルニに投げ込んだ後、サヴァリスは自分の荷物もこちらに向かって投げいれていた。それは無事に回収《かいしゅう》されたようだ。荷物の中には錬金鋼《ダイト》を入れていた。天剣ではないとはいえ、自分用に調整された逸品《いっぴん》だ。そう簡単《かんたん》になくしたくはない。

「それはよかった。……なら、レイフォンとやりあってるのが団長のハイア・サリンバン・ライアでいいのかな？」

「いえ……」

フェルマウスはそれには頭《かぶり》を振《ふ》った。

「ハイア・ライアであることは確《たし》かですが、彼はすでに団長ではありません。現在《げんざい》は私が代表を務《つと》めていますが」

「……もしかして、僕《ぼく》の要求はけっこう無茶だった？」

無茶なことは最初からわかっている。

ただ、レイフォンに潜入の際《さい》のサヴァリスの剄を気付かせないためには、最低でも接触点から離《はな》れた場所にいてもらいたかった。

「あの戦いはハイアの私戦《しせん》です。団長としてふさわしくない行動ゆえ、傭兵団を抜《ぬ》けさせました」

「そう」

なにか事情があるのかもしれないが、サヴァリスはそれ以上を聞かなかった。聞いて楽しくなれそうな気がまったくしなかったからだ。

その代わり、サヴァリスはレイフォンたちの気配がする方向に目を向けた。内力系活剄で視力を上げ、感じ慣《な》れたレイフォンの剄を追いかける。

「……追い出すにはもったいない人材のようだけどね」

「ありがとうございます。本人が聞けば喜んだでしょう」

フェルマウスの背後《はいご》で放浪バスが新しい人物を二人、吐《は》き出した。

同年代らしい少女たちだが、出てきた行動はそれぞれ違《ちが》った。

一人はサヴァリスの横を駆《か》け抜《ぬ》けて外縁部《がいえんぶ》の外、マイアスの様子を見ようと必死になっている。サヴァリスには遠く及《およ》ばないが、よく練った活剄で視力を上げようと頑張《がんば》っている姿《すがた》には感心するものがあった。

そして、もう一人。

周りの武芸者とははっきりと雰囲気《ふんいき》の違う少女だった。なにしろ服装《ふくそう》がこの学園都市の制服《せいふく》らしきものを着ている。長い銀髪《ぎんぱつ》の際立《きわだ》った容姿《ようし》だが、サヴァリスはそこにはことさら興味《きょうみ》を寄《よ》せなかった。

良い念威を持っていそうな気がした。

「これで解放《かいほう》ですか？」

フェルマウスに問うその声には、硬質《こうしつ》な怒《いか》りはあったが脅《おび》えはなかった。

「はい。錬金鋼《ダイト》は返せませんが。すぐに戦線復帰《ふっき》されては、彼が心変わりをするかもしれない」

「そうですか」

そう呟《つぶや》くと、即座《そくざ》にフェルマウスに背を向け宿泊施設のゲートを目指して歩き出す。

どうやら、レイフォンをおびき出すのに人質《ひとじち》として利用したようだ。

去っていく少女にそれ以上興味を寄せず、サヴァリスはマイアスでの戦いに視線を戻した。

（さて、レイフォン。どれくらい強さを維持《いじ》できているのかな？）

サヴァリスの目が、レイフォンとハイアの戦いを捉《とら》えた。

†

汚染物質《おせんぶっしつ》が身を焼いた感覚は一瞬《いっしゅん》。肌《はだ》に浸透《しんとう》するよりも先にマイアスのエア・フィールドを突《つ》き抜《ぬ》け、目に見えない粒子《りゅうし》は体から去った。

外縁部に着地。ハイアを追ってレイフォンもエア・フィールドを突き抜けてきた。

勢《いきお》いのままにハイアに一撃《げき》を加える。

旋剄《せんけい》を乗せた一撃を焔切《ほむらぎ》りで迎撃する。幻想《げんそう》の炎が周囲に飛散し、足下《あしもと》の地面が爆発《ばくはつ》した。

だが、今度は勢い負けをしない。また、刀身から炎が消えることもなかった。

ハイアの刀は基本《きほん》が鋼鉄錬金鋼《アイアンダイト》だが、柄《つか》部分に紅玉錬金鋼《ルビーダイト》を仕込んでもある。ハイア独《どく》創《そう》の刀だ。

紅玉錬金鋼《ルビーダイト》がハイアの剄を一部受けて、剄の炎に変えられている。

「前と同じようにいくと思うなさ」

レイフォンの表情《ひょうじょう》に怪訝《けげん》の色が見えた。ハイアの構えがサイハーデンの刀争術にはないものだったからだ。

体を極端《きょくたん》に横にして急所を隠した上で、柄を上に刀身を下に向けている。格闘術の型の一つのようにも見える。

刀身で揺《ゆ》らめく剄の炎が景色を歪《ゆが》ませ、ハイアの剄の流れを読ませないようにしていた。ハイアの型の意図を察したのだろう。様子見のつもりか、レイフォンは動こうとしなかった。

「なら、こちらから行くさ」

ハイアが動く。

内力系活剄《かっけい》の変化、疾影《しっえい》。

分散させた気配を先行させ、仕掛ける。レイフォンはやや刀の先を震わせただけで動かず、右から襲《おそ》いかかった本物の斬撃《ざんげき》を跳躍《ちょうやく》してかわした。

ハイアもそれを追い、都市の内部へと入り込んでいく。

空中でさらに数合打ち合う。

ハイアの剣術はそれのみなら天剣授受者《てんけんじゆじゆしゃ》に比肩《ひけん》する。以前にそう感じたのは間違《まちが》っていなかったようだ。

先ほどの独創の型からの攻撃もそうだが、時にレイフォンをひやりとさせる攻撃がいくつもある。どれもレイフォンの体に傷《きず》を与《あた》えるには至《いた》ってないが、そうなった時には最低でもこちらの動きに支障《ししょう》を与えていたことだろう。

だが、まだレイフォンが圧倒《あっとう》している部分もある。

剄力だ。

生まれ付いての豊富《ほうふ》な剄力。それこそがレイフォンを最年少で天剣授受者の座《ざ》に押《お》し上げた。少なくともレイフォンはそう思っている。ただ技量《ぎりょう》があるだけでは、ベヒモトのような化け物に対抗《たいこう》することはできない。

レイフォンとハイアは、マイアスの上空で剣戟《けんげき》を繰《く》り返した。

ハイアの炎剄《えんけい》をまとわせた刀術はサイハーデンの刀争術に似《に》ながら、時にそこから予想される斬撃からずれた攻撃を行ってくる。

これもまた厄介《やっかい》だった。どういう攻撃が来るかわかるために、反射《はんしゃ》的にそれを防《ふせ》ぐ動きをしてしまう。だが、ハイアの刀は寸前《すんぜん》でそれを裏切《うらぎ》る。

ハイアの活剄の流れを完全に読むことができれば、それを完全に防ぐことも可能だったろうが、炎剄の熱気が空気を歪ませるため、それも思うようにいかない。なにも知らなければ反射神経《しんけい》に任《まか》せて対処《たいしょ》もできたろうが、その反射神経がまずサイハーデンの刀争術に合わせて動こうとしてしまう。

同門故《ゆえ》の劣勢《れっせい》だった。

傭兵《ようへい》として数々の戦場を生きてきたハイアだ。汚染獣《おせんじゅう》だけでなく同じ武芸者《ぶげいしゃ》同士での殺し合いも多く経験しているに違いない。

対してレイフォンは汚染獣戦の経験で、その量、密度《みつど》ともに負ける気はないが、対人戦ではハイアに一歩及《およ》ばないに違いない。

経験、この部分でレイフォンははっきり負けている。同門故の弱点も、その経験差から突かれているに違いない。

前回は圧勝できた。もしかしたらその精神的余裕《せいしんてきよゆう》も突かれているのかもしれない。

「ちっ！」

鍔迫《つばぜ》り合いとなったところで腹《はら》に蹴《け》りを当て、距離《きょり》を稼《かせ》ぐ。

左手に衝剄《しょうけい》を収束《しゅうそく》させる。

外力系衝剄の変化、九乃《くない》。

四本に収束された衝剄の矢を放つ。ハイアは身をひねってそれをかわした。

九乃を放ったため、反動によってレイフォンの体が一瞬《いっしゅん》、宙《ちゅう》に取り残された。

ハイアが先に着地する。活剄が爆発し、レイフォンの着地点に向かって旋剄《せんけい》によって疾走する。

外力系衝剄の変化、焰蛇《ほむらへび》。

蛇落《へびお》としの変形だ。炎剄をまとった竜巻がレイフォンに向かって放たれ、全身を呑《の》みこむ。

レイフォンは迫る熱気を全身で衝剄を放つことで跳《は》ね返し、吹き飛ばそうとする風圧にも対抗する。

だが、その間にハイアに接近《せっきん》を許《ゆる》した。

二人が、同時に抜き打ちの型を取る。

「ちぃいいいっ！」

「しゃあぁぁぁっ！」

サイハーデン刀争術、焰切り。

同じ技を二人は同時に放った。幻想《げんそう》の炎の衝突が周囲の剄を寸断し空白地帯を生み出す。

刀身に宿った剄の圧力が両者の距離を一瞬引き離した。

だが、レイフォンは体勢が整い切れていない状態《じょうたい》で技《わざ》を放った。また、レイフォンに体勢を整えさせないために放たれた焔蛇であり、焔切りだった。

不完全な技が相打ちという結果を生み出し、わずかにハイアに次の一手で先手を取らせる隙《すき》を与えた。

それは一秒を寸断したかのようなわずかな時間でしかなかったが、その数百分の一秒が命取りになりかねない。

ハイアがさらに前に踏《ふ》み込んでくる。

サイハーデン刀争術、焔重《ほむらがさ》ね。

振りぬかれたハイアの刀が切っ先を閃《ひらめ》かせ舞《ま》い戻《もど》る。いち早く危険《きけん》を感知したレイフォンは流れに逆《さか》らわず後方に下がった。

だが、斬線はレイフォンの体をかすめる。

左腕《ひだりうで》から、鮮血《せんけつ》が舞《ま》った。

†

その時、フェリはため息を零《こぼ》していた。

「まるで、役立たずです」

誘拐《ゆうかい》されたことではない。そのことはいまさら不平や後悔《こうかい》を言ったところでどうにかかなるわけでもない。

レイフォンがフェリのためにあの場所に来てくれたことはうれしい。しかし、それこそがハイアの狙《ねら》いだったのだ。どういうつもりでレイフォンと戦うのかはわからないが、フェリはそのために利用された。

それなら、今は少しでも早くレイフォンに自分の安全を伝えなければいけない。

フェリは生徒会棟《とう》に向かっていた。まさかシェルターに避難《ひなん》するわけにもいかない。そんなことをすればなにをしているんだと言われてしまうことだろう。フェリにも言い分はあるが、それが通用するとも思えず、生徒会棟に向かうしかなかった。

そもそも、レイフォンに安全を伝えるためにはシェルターに避難するという手段《しゅだん》はどう考えても正解《せいかい》ではない。

（生徒会棟なら……）

なにかをするにしても、とにかく錬金鋼《ダイト》を手に入れなければならない。生徒会棟にならば予備《よび》の錬金鋼《ダイト》が置かれているはずだ。

だが、その途中《とちゅう》で問題が起きた。

マイアスからの潜入《せんにゅう》部隊とツェルニの後方防衛《ぼうえい》部隊で戦闘《せんとう》が起きていたのだ。

衝到同士のぶつかりあいの激音《げきおん》が少し先から聞こえてきて、フェリは足を止めざるをえなかった。

「ふう……」

念威端子《ねんいたんし》がなくとも、フェリは念威を操《あやつ》ることができる。

息を整えると銀色の髪《かみ》を光らせて、フェリは戦いの様子を調べた。ややうすらぼけてはいるが、とりあえず把握《はあく》することができる。

念威端子があればより鮮明《せんめい》で正確な情報を収集することができたし、都市をまたいでレイフォンのサポートをすることもできた。ニーナたちにも安全を告げることができただろう。誰かの念威端子を奪《うば》うことも考えたが、念威を収束させる起点である杖《つえ》がなければ、やはり精度は落ちる。

とにかく、フェリは目の前の状況《じょうきょう》を把握することに努めた。

マイアスの潜入部隊は少数だ。そしてツェルニの防衛部隊もほぼ同数。後方防衛部隊に割《さ》く予定だった武芸者《ぶげいしゃ》はもう少し人数が多かった記憶《きおく》があるので、もしかしたら複数《ふくすう》の部隊に同時潜入されているのかもしれない。

（とにかく、安全に移動できる場所を探《さが》しましょう）

そう思って探していると、別のものが見つかった。

（人？）

建物の陰《かげ》に隠《かく》れている。どうやら、戦闘が近くなって身動きが取れなくなっている様子だ。一瞬《いっしゅん》、マイアスの武芸者が殺到《さっけい》で隠れているのを偶然《ぐうぜん》見つけたのかと思ったが、その不安げな様子には戦意もなにもなかった。

(もしかして一般《いっぱん》生徒？)

フェリの念威は、その人物から剄を感じ取ることができなかった。

なにより、服装《ふくそう》がどちらの所属《しょぞく》を示《しめ》すものでもない。私服《しふく》で、スカート姿《すがた》だった。

(なんてドジ)

シェルターに逃《に》げそこなった一般生徒。フェリはそう判断《はんだん》した。

なら、見捨《みす》てるわけにもいかない。

女生徒のいる場所は、戦闘の中心地ではないがいつそこに戦場がずれてもおかしくはない場所だ。フェリはすぐに気付かれずに移動できるルートを見つけ、そこに向かった。

女生徒はフェリが到着《とうちゃく》するまで、そこから動かなかった。

「なにをしてるんですか？」

「ひゃっ！」

いきなり背後《はいご》から声をかけられて、女生徒は体をすくませた。

「あ、あ……すいません、わたし……」

トランクケースの取っ手を握《にぎ》りしめて、女生徒はなにかを言おうとしている。もしかして、私物《しぶつ》を運び出そうとして避難が間に合わなかったのだろうか？

「いいです。それよりも早く避難しましょう」

防衛部隊と潜入《せんにゅう》部隊との戦いは、いまだ決着を見せる様子はなかった。戦闘の余波がいつこちらに向くかわからない。フェリは女生徒の手を取って移動を開始した。

移動しながら、念威でシェルターの入り口までのルートを検索《けんさく》する。

女生徒はフェリの光る髪に目を奪《うば》われ、声もない様子だ。

フェリの予想通りに潜入部隊は複数だったようだ。ここから一番近い入り口までの間に、戦闘が三つ起こっている。

その三つの戦闘圏《けん》はどれもがわずかにかぶさり合っており、シェルターに行くにしても生徒会棟に向かうにしても、かなりの遠回りが要求される。しかもその道を選んだとしても危険なことにはかわりない。

自分一人ならそれでもかまわないのだが、一般生徒を連れてとなるとそんな危険な方法を選ぶわけにもいかない。

「これは、戦闘が終わるまでどこかでじっとしていた方が安全ですね」

それに、いくつかの防衛兵器が起動しているのも確認してしまった。戦闘だけでなく、自動で反応《はんのう》するそれらの攻撃《こうげき》を受けてもかなわない。

「す、すいません」

「いいです。どうせ今回わたしは役立たずですから」

(せめて、レイフォンには報《しら》せておきたかったのですけど)

「え？」

「いいえ、なんでも」

内心の呟《つぶや》きを読み取られた気分になり、フェリは質問《しつもん》をかき消した。

「それよりも、早くいきましょう」

背後で恐縮《きょうしゅく》する女生徒を無視《むし》して、フェリは安全な場所を求めて念威を広げた。

†

ツェルニで潜入部隊と防衛部隊との戦いが行われているように、マイアスでもまた、それは行われていた。

ニーナたちは疾走《しっそう》を続けている。その背後をマイアスの防衛部隊が追ってくる。ニーナたちは無用な戦闘をすることなく、生徒会棟に向かうことに集中していた。

「止まるな、走れ！　距離《きょり》を詰《つ》められるな！」

「うるさい！」

ニーナの叱咤《しった》にシャンテが怒鳴《どな》り返してくる。やり返したくてたまらないという顔だが、ここで反撃に転じるのはまだ早い。

策《さく》はもう打ってある。

大通りを突っ切るニーナたちを屋上から追っていた防衛《ぼうえい》隊の数名が地上に降《お》りてきた。単純《たんじゅん》な追いかけっこなら跳躍《ちょうやく》しているよりも走った方が早い。降りてきたのは三人だ。背後から邪魔《じゃま》をすることで速度を落とさせ、本隊を回り込ませるつもりか。

「ぎゃっ！」

だが何かするよりも早く、彼らは背中からの衝撃《しょうげき》とともに痺《しび》れに襲《おそ》われる運命にあった。

ニーナの周りにいるのはダルシェナ、ナルキ、ゴルネオ、シャンテだ。

シャーニッドがいない。

防衛隊の背後を襲ったのはシャーニッドの弾丸《だんがん》だ。

マイアスに到着したと同時に、シャーニッドは本体であるニーナたちと別れ、その背後を追尾《ついび》する形で行動していたのだ。

シャーニッドの気配は射撃《しゃげき》の瞬間に背後で感じたが、次の瞬間には再《ふたた》び消えた。

背後からの妨害《ぼうがい》を退《しりぞ》け、ニーナたちは走り続ける。

この大通りは生徒会棟には直接繋《ちょくせつつな》がっていない。簡略化《かんりゃくか》された地図には細かい道路図は載《の》っていないため、勘《かん》を頼《たよ》りに横道に入った。

狭《せま》い道に入った瞬間、レンガ調の舗装《ほそう》を割《わ》って金属《きんぞく》の塊《かたまり》が姿《すがた》を現《あらわ》す。道をいっぱいに占《せん》拠《きょ》した金属塊《かい》には複数《ふくすう》の穴《あな》がある。

防衛兵器だ。

「どけっ！」

ダルシェナの叫《さけ》びでニーナたちは左右に分かれた。

突撃槍《ランス》を構《かま》えたダルシェナが突進する。

防衛兵器の穴が火を噴《ふ》き、大量の麻痺弾《まひだん》が放出された。

「はぁぁぁぁぁ！」

ダルシェナの突撃がそれらをすべて受け止める。穂先《ほさき》に収束した衝剄は空気を引き裂き、衝撃波の壁《かべ》を作って麻痺弾を弾《はじ》き返す。

ダルシェナの勢いはそれだけでは止まらない。突撃槍《ランス》は防衛兵器を貫《つらぬ》いた。金切り声のような破砕音《はさいおん》が起こり、続いた爆発《ばくはつ》が行く手を遮《さえぎ》る残りの防衛兵器をも破壊《はかい》する。

「くっ……」

その爆発がダルシェナになんの被害《ひがい》も及《およ》ぼさなかったはずがない。彼女の戦闘衣《せんとうい》は傷《きず》つき、その下からうっすらと血が滲《にじ》んだ。

突撃槍《ランス》も防衛兵器の爆発の影響《えいきょう》でひび割れ、使えそうにない。

新たな敵《てき》の気配がこの場所に近づきつつあった。

「いけっ！」

ニーナたちに叫ぶと、ダルシェナは突撃槍《ランス》の握《にぎ》りをねじる。石突《いしづき》の表層が崩《くず》れ、現れた柄《つか》を握り締《し》めると、そこに隠《かく》された細剣《レイピア》を抜き放った。

「邪魔はさせん！」

防衛兵器の罠《わな》をくぐりぬけたニーナたちを追おうとする防衛隊に、ダルシェナはさらなる突撃を敢行《かんこう》する。

シャーニッドの銃声《じゆうせい》がダルシェナの背を押した。

生徒会棟《とう》がさらに近づいた。ツェルニとはやや趣《おもむき》の違う尖塔《せんとう》にはためく都市旗が活剄を使わずともはっきりと目に映《うつ》る。

「予定通り、行くぞ」

「頼《たの》む」

SECTION

背後《はいご》のゴルネオの声に頷《うなず》き、ニーナとナルキはさらに速度を上げる。その一方でゴルネオとシャンテが跳《と》んだ。

近くの屋根に上ったゴルネオたちが見たのはニーナたちを追う武芸者《ぶげいしゃ》たちの姿だ。

「さて、やるぞ」

「うんっ！」

ゴルネオとシャンテが生徒会棟へ向けて一直線に向かう。明らかな陽動とわかっていてもそれを無視《むし》することはできない。十人近い武芸者が二人の所に殺到《さっとう》してきた。

ゴルネオとシャンテの剄が爆《は》ぜる。化錬剄《かれんけい》。ゴルネオは風を、シャンテは炎《ほのお》をそれぞれの錬金鋼《ダイト》にまとわせて、戦闘に入った。

ニーナとナルキ、二人だけとなった潜入《せんにゅう》部隊は道伝いにひたすらに生徒会棟を目指す。依然《いぜん》、追ってくる者の気配はあるものの、妨害《ぼうがい》する武芸者たちが目の前に現れることはなかった。

あとは生徒会棟にどれだけの武芸者が待ち受けているか……

その数はそう多くないと予想している。主戦場の接触点《せっしょくてん》、そして潜入部隊、都市の各所に配置された防衛《ぼうえい》部隊。それらを考えれば生徒会棟に武芸者がいたとしても一桁《けた》、多くても十人というところだろう。

それだけの数の武芸者の虚《きょ》を突《つ》き、都市旗を奪《うば》い取る。決して簡単《かんたん》なことではない。

「本当に、あたしがここにいてよかったんでしょうか？」

プレッシャーが不安となって襲《おそ》ったのだろう。疾走《しっそう》の中、ナルキが呟《つぶや》いた。

「だからといっていまさら足を止められるか。走れっ！」

「は、はいっ！」

ニーナはそう叱咤《しった》する。

だが、それはニーナだって感じていることだ。ニーナよりも強い武芸者は他にもいる。ゴルネオがそうだし、ヴァンゼ他、他の小隊の中にもいる。その中で当初ニーナがこの役を担《にな》ったのは、レイフォンがいたからだ。だが、そのレイフォンが使えなくなっても変更《へんこう》はなかった。

そのことに疑《ぎ》問《もん》を抱《いだ》かないでもない。廃貴族《はいきぞく》という爆弾《ばくだん》を抱《かか》えているために集団戦《しゅうだんせん》の中に入れる危険《きけん》を避《さ》けたのか？　そうも考えた。

だが、戦闘が開始する前、ヴァンゼはこう言ったのだ。

「お前の隊の奴《やつ》らが、他のどの連中よりも窮地《きゅうち》を知っている。だからこその人選だ」

窮地。危険な目には確かに何度もあった。老生体との戦い。廃都での戦い。第十小隊との戦い。それらのことごとくをニーナは切り抜《ぬ》けた。

だが、そこには常《つね》にレイフォンの姿《すがた》があった。レイフォンがいたからこそ切り抜けられた。

カリアンは、そのレイフォンの自主性《せい》を奪《うば》っているのはニーナだという。そうかもしれないと思う時はある。だが、隊長である自分が部隊の方針《ほうしん》を打ち出せないなんてことはできない。それにレイフォンが引っ張《ぱ》られているからといって自分の意思をあいまいにすることはできない。なんてジレンマだと思ってしまう。

だが、だからといってレイフォンの力が自分の力だとは思わない。

そして、レイフォンのいない自分が弱いこともわかっている。

「いまさら、止まれるか！」

ニーナは改めて声に出して決意を確認《かくにん》した。

いまさら自分では無理ですなんて言えない。走るしかないのだ。自分たちがここまで来た道筋《みちすじ》はシャーニッドが、ダルシェナが、ゴルネオとシャンテが、そしてヴァンゼたち他の武芸者たちが作ってくれたのだ。

生徒会棟の前に来た。正面ロビーの前に数人の武芸者が待機している。

作戦は既《すで》に決めてある。

「ナルキっ！」

ニーナの合図にナルキは握《にぎ》りしめた取り縄《なわ》を投じた。ハーレイたちが作った複合錬金鋼《アダマンダイト》、その技術がナルキの錬金鋼《ダイト》に応用《おうよう》されている。投じられた取り縄は空中で二段階目の復元《ふくげん》をなし、その長さを格段《かくだん》に伸《の》ばす。

通常《つうじょう》のナルキでは操《あやつ》りきれない長さだが、それをフォローするのがゴルネオの下で訓練を重ねた化錬剄《かれんけい》の技だ。短期間で、ゴルネオからこの技だけを叩《たた》きこまれたのだ。あらかじめ都市旗に放った剄が取り縄を引っ張り、ポールに巻《ま》きつけさせる。

蛇流《じゃりゅう》の応用だ。

ナルキが取り縄に引っ張られる形で跳《と》ぶ。

一瞬、ナルキの姿に迎撃《げいげき》に出た武芸者たちの目が引きつけられた。

（かかった！）

ニーナは緊張《きんちょう》で爆発《ばくはつ》しそうな心臓《しんぞう》を抱《かか》えて、走りながら練り続けた剄を爆発させる。

活剄衝剄混合変化、雷迅《らいじん》。

一条《じょう》の雷光となって駆け抜ける。都市の空を駆け抜ける稲光《いなびかり》の如《ごと》く正面ロビーまでの距離《きょり》を一閃《いっせん》し、その衝撃波が振《ふ》りぬいた打鞭《だべん》を中心に荒《あ》れ狂《くる》う。

外縁部からここに来るまでの間、ただこの時のために練りに練り続けた一撃だ。爆発は暴風となって正面ロビーを粉砕《ふんさい》し、武芸者たちを一掃《いっそう》した。

だが、それは同時にニーナにとっては初めて放つともいえる強力な一撃でもあった。

（くっ）

ため込んだ剄《けい》を吐《は》きだしただけで、すさまじい勢《いきお》いで疲労《ひろう》が襲いかかってきた。

「隊長！」

宙《ちゅう》を舞《ま》うナルキが叫《さけ》ぶ。

「……っ！　ええいっ！」

自らを鼓舞《こぶ》し、活剄を走らせて跳ぶ。

伸ばしたナルキの手を摑《つか》み、ともに都市旗に向かう。

しかし、それですべての武芸者がいなくなったわけではない。

上に引き上げられていた力がいきなり消失し、ニーナたちはバランスを崩《くず》した。生徒会棟内にまだ残っていた武芸者が屋上に先行し、取り縄を切ったのだ。

「先輩《せんぱい》っ！」

バランスを崩しながら、空中でナルキが壁《かべ》を蹴《け》りつけ上昇《じょうしょう》の勢《いきお》いを取り戻す。

「お願いします！」

ナルキがニーナを投げる。

尖塔《せんとう》に立っている武芸者は二人。普段ならばなんとかなる人数だったかもしれない。だが、雷迅といういまだ使い切れているとはいえない技を使い、しかも大量の剄を吐きだした後の余韻《よいん》が重く体に残っていた。

しかし、それでも。

「やるしかない！」

ニーナ以外に、この場所には誰もいないのだ。

覚悟《かくご》を決め、ニーナは空中で打鞭《だべん》を構《かま》える。

屋上の二人がニーナを迎《むか》え撃《う》つ。二人が構えている錬金鋼《ダイト》は、剣《けん》だ。

同時に振り下ろされた二本の剣を両方の鉄鞭でそれぞれ受け止めつつ、着地した。尖塔の屋根は急斜面《しやめん》だ。戦闘衣の靴《くつ》でなければ踏《ふ》ん張《ば》りも利《き》かずに滑《すべ》り落ちていたかもしれない。押し返そうとする二つの力にニーナは対抗《たいこう》し、その結果、靴底から煙《けむり》が上がり、宙に筋を描いた。

歯を嚙《か》みしめ、左右の腕《うで》にかかる圧力《あつりよく》に耐《た》える。押しのけられればもうここまで至るチャンスはないはずだ。

そして、押し返さなければ。悠長《ゆうちよう》にこの二人と戦っている暇《ひま》はない。他の場所にいるだろうマイアスの武芸者を呼び戻す時間を与《あた》えてはいけない。

「はっ！」

鉄鞭《てつべん》越《ご》しに衝剄《しょうけい》を放ち、二人を弾《はじ》き飛ばす。都市旗の前まで後退《こうたい》した二人は迷《まよ》うことなく再度《さいど》の突進をかけてくる。

雷迅を放った余韻が、まだニーナの体を支配《しはい》していた。剄が思うように走らない。その場でさらに数合打ち合う。衝撃波が周囲を駆《か》け抜《ぬ》け、その度《たび》にニーナの体は重力の誘《さそ》いを受けて後ろに仰《の》け反《ぞ》りそうになる。それに堪《た》えて鉄鞭を振るう。

黒鋼錬金鋼《クロムダイト》でできた鉄鞭の重い一撃は、一人から剣を取り落とさせた。体勢《たいせい》を崩《くず》しているその一人の腹《はら》に蹴りを当てる。都市旗の前まで跳《と》んだその一人は斜面を転がって尖塔から落ちていった。

残りは、一人。

間合いを取って時間を稼《かせ》ごうとするのに対して、ニーナは迷わず都市旗に向かった。都市旗を奪《うば》われればその時点でマイアスの敗北となる。動かなければならない。距離を詰《つ》めてくる武芸者に転身して一撃。剣で受け止められた。

「倒れろ！」

「そっちが！」

どちらも退《ひ》けない気迫《きはく》をこめて叫ぶ。

同時に放った衝剄が渦《うず》を巻いて上空へと舞い上がり、二人は同時に吹き飛ばされる。

運がこちらに傾《かたむ》いたと感じたのは、この時だ。

衝剄の衝撃で飛ばされはしたが、ニーナにはその両手に錬金鋼《ダイト》がある。錬金鋼《ダイト》の中でも特に重量のある黒鋼錬金鋼《クロムダイト》の特性がニーナの体を遠くには飛ばさなかった。

だが、その重量はこのままではその名の通りに重石《おもし》となる。相手は尖塔の上部へと飛ばされたが、ニーナはその反対だ。衝剄の反動に重さの手助けが加わる前にニーナは二つの錬金鋼《ダイト》を捨《す》てた。

相手はまだ、バランスを取り戻《もど》していない。それどころか衝剄の衝撃で剣を落としていた。

都市旗に向かって走る。

剄を溜《た》める時間すらも惜《お》しい。

目の前には都市旗があり、それを掲《かか》げるポールがある。それを摑《つか》みさえすればツェルニの勝利だ。

前回の武芸《ぶげい》大会での苦い記憶《きおく》。連敗に次ぐ連敗。所有するセルニウム鉱山《こうざん》がたった一つだけという惨《みじ》めな状態《じょうたい》。そんな惨めな敗戦の中でなにもできなかった自分が、いま勝利のためになにかができている。

もう少し……

（これを、摑《つか》みさえすれば！）

だが、運の傾きはそこで終わっていた。いや、運だと思ったこと自体、ニーナの勘違《かんちが》いだったのか。

体勢を立て直したマイアスの武芸者が、その身一つで体当たりを仕《し》掛《か》けてきたのだ。

ポールが遠のく。

捨て身の体当たりは、ニーナを止めるためではなく、尖塔から遠のかせるものだった。

頭からぶつかってき、その腕《うで》はニーナの胴体《どうたい》に巻《ま》きつく。

二人は屋根の斜面をゴロゴロと転がり、そして屋根の上から放《ほう》り投げられた。

「そんな……っ！」

武芸者を振りほどくが、もはや遅《おそ》い。足場もなにもない空中で、ニーナはなにもできないまま、届《とど》くはずもないポールに手を伸《の》ばすことしかできなかった。

（ここまで来て……）

最後の瞬間《しゅんかん》に油断《ゆだん》したためか？　ここまで運んでくれた隊員たちに、ゴルネオたちに、なんと言って詫《わ》びればいいのか……

不甲斐《ふがいな》無さへの自責《じせき》と後悔《こうかい》に心が沈《しず》みこもうとした、その時……

ゴッ！

その背後《はいご》から光条《こうじょう》が駆け抜けた。

尖塔《せんとう》が爆発《ばくはつ》に包まれる。

ポールが傾き、ニーナの側に向かって傾き続け、そして落ちた。

（レイフォン？）

それはただの勘でしかなかった。だが、このタイミングを計った強力な剄《けい》の一撃。マイアスの武芸者の誤射《ごしゃ》や流れ弾《だま》だとは考えにくい。考えられるのはレイフォンしかいない。

（馬鹿《ばか》が、こんな時まで他人《ひと》のことか）

だが、さっきまで重く締《し》め付けていた心の痛《いた》みが、温かいものに変わったのを感じたのも事実だ。

ニーナは落下しながらポールを掴《つか》んだ。

その瞬間《しゅんかん》、勝敗は決した。

†

左腕《ひだりうで》が死んだ。

少なくとも、この戦闘《せんとう》の間は動くことはないだろう。流れる血の熱さを感じながらレイフォンは冷静に判断《はんだん》した。

それでも、利《き》き手が無事なことが不幸中の幸いというものか。

背後で異音《いおん》が響いたのはその時だ。

長く長く余韻《よいん》を引く、激《はげ》しい戦闘音の中を駆け抜けていく単調な電子音。

戦闘の終わりを告げるその音は、マイアスの生徒会棟《とう》から響《ひび》いてくる。

「……やってくれたさ」

勝敗の形勢を自分に傾けているのはハイアだというのに、その顔には怒《いか》りが滲《にじ》んでいる。

「あの剄は、おれっちに向けたものじゃなかったってわけかさ」

「……あからさまにやるほど隙《すき》もなかったし」

実際《じっさい》、あの一瞬《いっしゅん》以外であんな真似《まね》ができる隙はなかった。九乃《くない》を放った時もそれほど隙があったわけではない。その結果が左腕に出ている。

だが、あの瞬間以外で最高の援護《えんご》になるタイミングはなかっただろう。

「僕の目的はこの都市戦を勝ち抜くことだ」

そのためにカリアンに武芸科に転科させられ、そしてニーナと出会った。

「横からしゃしゃり出てきたのはお前だ。自分の思い通りにならないからって、我《わ》がままを言うな」

「そういう次元の話か？　とことんふざけてる」

「そうだね。慣《な》れないことをしているのは認《みと》めるけど……」

誰《だれ》かを背《せ》にして戦うのは慣れている。グレンダンの時の戦いは、その背に育った孤児院《こじいん》があった。

今回は事情《じじょう》が違う。ハイアの妨害《ぼうがい》のせいでここまで頑張《がんば》ってきた目的である都市戦に参加できないことになりそうだった。本来なら、ニーナがした役目は自分がすれば簡単《かんたん》に終わることだったはずだ。

だが、こんな状況《じょうきょう》になってしまった。ニーナに任《まか》せなくてはいけない。戦場で誰かを信《しん》頼《らい》するというのは、レイフォン自身そうしようと努力し始めているところだったが、だからといっていきなり手放しで全《すべ》てを任せるなんてできない。戦場でそんなことをしてきたことがなかったのだから、どうしても心がざわついてしまう。

これぐらいはやらせてもらわないと、本当にたまらない。

「だけど、慣れないことをしてるのはそっちも同じだ」

「なんだって……？」

「だって、お前は傭兵団《ようへいだん》の団長だから」

以前、レイフォンと傭兵団で共同戦線を敷《し》いて汚染獣《おせんじゅう》と戦ったことがある。

その時に思った。ハイアは、一人でも勝てるだろう汚染獣を相手に、必ず複数《ふくすう》で立ち向かう。数々の戦場を往来《おうらい》した傭兵団らしい集団戦であり、自身が危険《きけん》になる可能性《かのうせい》を下げる正しい戦術《せんじゅつ》だというのはレイフォンにだってわかる。

「戦場で他人を信頼するのはお前の方が得意なはずだ」

そして、レイフォンは天剣授受者《てんけんじゅじゅしゃ》として孤独《こどく》な戦場にいる方が多かった。天剣授受者の実力は他の武芸者と一線を大きく画している。共同戦線をとるとすれば同じ天剣授受者と、しかもベヒモトのような強力な汚染獣と戦う時でしかありえなかった。

「そんなお前が一人でここにいる。そのこと自体がもう間違ってるんだ」

他人を信頼することに慣れた武芸者と、一人で戦い続けた武芸者。

それぞれが、自分の成り立ちとは違う戦い方をしている。

「そして……」

終了を告げる電子音はいまだ長い尾《お》を引きながらマイアスの空を流れ、戦いの音は急速に終息へと向かっていた。

「もう、僕は誰かを気にしながら戦わなくてもいい」

どうなろうと知ったことではないマイアスの都市で、ニーナたちの心配をしなくてもよくなった。フェリの心配は、あれだけ脅《おど》しつけていれば問題は起こらないだろう。他の傭兵はともかく、フェルマウスは信用できそうな気もする。

いつもの気分で戦うことができる。

レイフォンは左腕をだらりと下げたまま、簡易型複合錬金鋼《シム・アダマンダイト》を、漆黒《しっこく》の刀身を左の腰《こし》に引き寄せた。

抜き打ちの構《かま》え。

サイハーデン刀争術《とうそうじゅつ》、焔切《ほむらぎ》り。

「刀を持たせたのはお前だ。それに、あれがデルクの教えの真髄《しんずい》だなんて思われるのも心外だ。同門にしか通じない小細工で戦いを糊塗《こと》するお前に、本物がどれほどのものか見せてやる」

「……言ってくれるさ」

それがレイフォンの誘《さそ》いだとわかっていながらも、ハイアは焔切りの構えを取った。

(それでいい)

レイフォンも長丁場《ながちょうば》の戦いはすでに無理な状態《じょうたい》だった。

左腕の出血が止まらないのだ。ハイアの斬撃《ざんげき》は骨《ほね》にまで達し、おそらくは神経《しんけい》も断《た》たれているに違いない。内力系活剄《けいかつけい》で筋肉《きんにく》を締《し》め傷口《きずぐち》を閉《と》じようにも、神経がやられていてはそれも無理な話だ。

一撃で済《す》ませよう。

そのための剄を練る。

「っ！」

左腕の痛《いた》みが増《ま》した。剄の密度《みつど》を高めるということは、ごく自然にその技を放つ際に生じる反動に耐《た》えるため、内力系活剄が高まるということでもある。肉体の活性化は、傷周辺の神経を過敏《かびん》にさせ、筋肉を増強するために血管が大きく開き、血流の速度も増す。

増した出血で左腕の傷から勢いよく血が噴《ふ》き出した。

足元に血だまりを作りながらレイフォンは剄を練り上げる。

放たれる剄の圧力はハイアの動きをさらに封《ふう》じる。ここで技に応じず逃げの態勢を作っても、もはやレイフォンの技を回避《かいひ》しえるはずもない。

ハイアも静かに技を放つために剄を高める。

終戦の電子音が止《や》む。

二人は同時に動いた。同時に一歩を踏《ふ》み出し、高めた剄とともに刀を一閃《いっせん》させる。

音の余韻は、盛大《せいだい》な破砕音《はさいおん》によってかき消された。

斬撃は同じ軌道《きどう》を真反対に描《えが》き、衝突《しょうとつ》する。同時に放たれた衝剄《しょうけい》の衝突が二人の足場を崩《くず》し、後ろへと下げた。

ここまでは同じだ。

だが、焔切りには二の太刀《たち》がある。

衝突した衝剄の圧力はいまだ消えない。先に行動の自由を得た方が二の太刀へと動くことになる。

居合抜《いあいぬ》きによる突出した斬撃力と衝剄による二段攻撃が焔切りであり、その突出した斬撃力は、ハイアがレイフォンの蛇落《へびお》としを切ったように相手の技を無効化《むこうか》する際にも有効であり、衝剄はその余波を弾《はじ》き飛ばす。

そして二の太刀とは至近《しきん》で相手の剄技を無効化した上で一撃を加える技だ。

いま、二人はお互《たが》いの焔切りを迎撃し、衝剄同士をぶつけ合っている。

レイフォンが怪我《けが》を負っていなければ衝剄同士の力比《くら》べは一瞬《いっしゅん》で片《かた》が付いていただろう。

だが、レイフォンは左腕《ひだりうで》を怪我し、その出血のために剄を不完全にしか練れていない。

その上、レイフォンは知らないことだがハイアにも負けられないものがある。

レイフォンの言う通り、ハイアは誰かに背を預《あず》ける戦いしか知らない。ハイアは傭兵団という家族で育った。

だが、傭兵団は早晩解散する。背中を預ける存在《そんざい》がなくなる。

(こんなところで、無様を晒《さら》していられないさ!)

一人で戦場に立つ。ハイアはいままさにそれを自らに課していたのだ。

剄と剄、気合と気合がぶつかり合う。

そんなハイアの視界《しかい》に赤が舞《ま》うのが映《うつ》った。レイフォンの左腕からさらに血が噴き出したのだ。

剄が一瞬、緩《ゆる》む。

(勝てる)

そう思った。レイフォンの左腕はもはや動かない。逆《ぎゃく》に剄を維持《いじ》しようとすればするほど血が流れ、集中力は乱《みだ》れていくばかりだ。

あの出血は、傭兵団なら後方に下がらなければならない量だ。このまま剄を維持するだけでも失血死の可能性《かのうせい》が高い。

だが、レイフォンの顔には動揺《どうよう》も焦《あせ》りもない。感情《かんじょう》のない沈黙《ちんもく》を秘《ひ》めた瞳《ひとみ》が、淡々《たんたん》とハイアを見つめていた。

(なんでこいつ……)

ハイアに対する怒《いか》りがあったはずだ。フェリを誘拐《ゆうかい》し、握《にぎ》らないと決めている刀を握らせて戦わせているのだ。実際、最初の頃《ころ》ははっきりと怒りを見せていた。

それなのに、戦いが進むにつれて怒りの色は消え失《う》せ、なにものもない瞳をするようになった。

ツェルニの勝利が確定《かくてい》した後では、特にだ。

さらに血が噴いた。レイフォンの周囲で吹《ふ》き荒《あ》れる衝剄の暴風《ぼうふう》は血を巻《ま》きあげて朱色《しゅいろ》に染《そ》め上がろうとしている。

（こいつ、死を恐《おそ》れないのか？）

瞳には恐怖《きょうふ》もない。

ハイアの握る刀は、レイフォンの持つ安全装置《そうち》のかかった生ぬるい武器ではない。二の太刀をハイアが放つことになれば、今度こそ死ぬだろう。

それなのに、レイフォンは一筋《ひとすじ》の動揺も浮かべていない。じっとこの戦いの流れる様を第三者的な目で見ているように思えた。

その時、ハイアはレイフォンの背後にあるものを理解《りかい》した。汚染獣に襲われ、そこに一人で立ち向かう。汚染物質の吹き荒れるあの絶望《ぜつぼう》的な環境《かんきょう》で、防護服《ぼうごふく》に傷《きず》が付いただけで死ぬだろう状況の中で戦うということ。

そして、敗北とはすなわち死であるということ。一人で戦うということは、逃《に》げる手段《しゅだん》も一人で講《こう》じなくてはならないということだ。

そんな中に、一人。

誰も助けてくれない世界。

（…………っ！）

背筋《せすじ》が凍《こお》りつく感覚に、ハイアは震《ふる》えを必死に抑《おさ》えた。

そして震えに気を取られたハイアは、刹那《せつな》の間、見逃《みのが》した。

レイフォンの左腕《ひだりうで》、その指がかすかな震えを見せた。

神経《しんけい》は完全に断《た》たれたわけではなかった。レイフォンはこの衝突《しょうとつ》の中で内力系活剄を全力で動かし、そのわずかな神経のつながりを中心に腕を動かすことに集中していた。

ほんの一刹那、動けばいいと。

それは、誰も助けてくれない世界で自らの力で希望を見出《みいだ》し、自らの力でそれを引きずり出すということ。

レイフォンの左腕が動く。刀の柄《つか》を握る。

衝剄の勢いが増した。

「ぬあっ！」

ハイアの刀が弾かれた。同時に衝剄がハイアの体を押し、動きを束縛《そくばく》する。

サイハーデン刀争術《とうそうじゅつ》、焔重《ほむらがさ》ね。

切っ先が翻《ひるがえ》り、ハイアの肩《かた》から胴《どう》にかけて斜《なな》めに斬撃《ざんげき》の衝撃《しょうげき》が襲《おそ》いかかった。

肉がきしみ、骨《ほね》が砕《くだ》ける。内臓《ないぞう》を押《お》し潰《つぶ》さんとする衝撃に、ハイアは声もなく吹き飛ばされた。

地面に落ちていくハイアをレイフォンが追撃をかけてくる。

止《とど》めを刺《さ》す気だ。

（これは、死ぬかも……）

指先一つ動かせない。激痛《げきつう》が全《すべ》ての神経の動きを阻害《そがい》する中、驚《おどろ》くほど静かにハイアはその事実を受け入れ、目を閉《と》じた。

だが……その瞬間はいつまで待ってもやってこなかった。

落下の衝撃もない。

「…………？」

訝《いぶか》しげな状況にハイアは目を開ける。

目の前にあったのは、見慣《みな》れた眼鏡《めがね》と大粒《おおつぶ》の涙《なみだ》を浮《う》かべた幼馴染《おさななじみ》の顔だった。

「ミュンファ……なにしてるさ？」

ミュンファは歯を噛《か》みしめてハイアに覆《おお》いかぶさっている。落下途中《とちゅう》のハイアを救い出し、そして何かかばっている。

ミュンファのすぐ後ろにレイフォンがいた。

「……逃げるさ」

戦いを挑《いど》み、そして負けたのだ。死ぬのは仕方がない。だが、それにミュンファを巻《ま》き込むつもりはない。

だが、ミュンファは必死《ひっし》な様子で頭《かぶり》を振《ふ》った。

「……いや」

「無茶《むちゃ》を言うなさ」

「いやです」

叫《さけ》ぶと、さらにきつくハイアを抱《だ》きしめる。

「ハイアちゃんとは離《はな》れない！　もう決めたんです」

ミュンファの意外な決意にハイアは愕然《がくぜん》とした。

レイフォンを見る。

しばらくそのまま立っていたかと思うと、レイフォンはため息とともに肩から力を抜いた。鋼金鋼《ダイト》を元《もと》に戻すと唐突《とうとつ》に背中《せなか》を向けて歩き出す。

「……おいっ！」

思わず声をかけてしまった。

「悪役はあなたで、僕じゃない」

どこか、投げやりとも取れる声でレイフォンはそう返した。

エピローグ

「まぁ、こんなものなのかな？」

戦いの結末を見物してサヴァリスは呟《つぶや》いた。ハイアは確《たし》かに実力のある武芸者《ぶげいしゃ》だったが、左腕に傷《きず》を負わされるなどまだ甘《あま》い。たとえ、味方のサポートをするためであったとしてもだ。

サヴァリスの姿《すがた》は放浪《ほうろう》バスの停留所《ていりゅうじょ》から、接触点《せつしょくてん》近くのツェルニの足に移動《いどう》していた。

そこが一番、この辺りを見渡《みわた》すのに都合がいいからだ。

「弱くなってるのは残念だなぁ。少しばかり食いでが足りない。ま、本命じゃないから、別にいいんだけどさ」

ツェルニへと戻ろうとするレイフォンを追いかけてくる者がいる。

それを見つけて、サヴァリスは目を細めた。

「まだ、あの子の中にあるのかな？」

廃貴族《はいきぞく》が。

それを持ち帰るために、サヴァリスはここにいるのだ。

持ち帰ると、どうなるのか？

ただ、強くなるがためにアルシェイラはサヴァリスに廃貴族の奪取《だっしゅ》を命じているのか
……

答えは否《いな》だ。

強くなる。もちろんそれは重要なことだ。だが、それが至上《しじょう》の命題ではない。天剣授受《てんけんじゅじゅ》者《しゃ》はただ強くなることを考えればいい。だからサヴァリスは楽しくやれている。

だが、その天剣授受者を従《したが》えるグレンダン王家、アルシェイラ・アルモニスは違《ちが》う。

およそ、他の都市にとっては奇跡《きせき》のような実力を持つ天剣授受者を十二人も揃《そろ》え、行わなければならないことがある。

それは電子精霊《せいれい》の原型を持つ、狂《くる》ったと他者から言われるグレンダンだからこそやらなければならないことだ。

だからこそ、グレンダンには強者が生まれ、強さをどこよりも貪欲《どんよく》に求める。

そのために、廃貴族もまた求める。

「僕たちの世代でどこまで事が進むのか知らないけど、できれば楽しい時代になってほしいものです」

そう呟くサヴァリスの瞳《ひとみ》は、とても楽しそうに細められていた。

†

レイフォンは普通《ふつう》に歩いて接触点を越《こ》えた。その途中《とちゅう》で悄然《しょうぜん》とした様子のマイアスの武芸者たちとはち合わせすることになったが、レイフォンはあえて彼らと顔を合わさなかった。

一瞬《いっしゅん》、レイフォンに怒《いか》りが集中した。だが次の瞬間、左腕《ひだりうで》が朱《あけ》に染《そ》まっているのを見て言葉を失った。その姿をどういう風に受け止めたのかはわからない。

とにかく、レイフォンの道を阻《はば》む者はいなかった。

「レイフォン！」

ニーナたちが追い付いてきた。ニーナはレイフォンの姿に顔を青ざめさせる。

「すぐに手当てを！」

「いや、大丈夫《だいじょうぶ》ですから」

担架《たんか》を呼《よ》ぼうとするニーナを押《お》しとどめる。実際《じっさい》、いまは活剄《かっけい》を治癒《ちゆ》に回すことができるため、傷口からの出血は収《おさ》まりつつあった。神経を繋《つな》げるには病院にいかなければならないだろうが、そこまで歩くことくらいはできる。

「馬鹿《ばか》、そんなことを言ってる場合か！　だいたいお前はわたしたちのことに気を使って

「……」

「それより、フェリ先輩《せんぱい》が無事に解放《かいほう》されたか確認《かくにん》しましょうよ」

怒りの形相でまくし立てようとするニーナから逃《のが》れ、レイフォンは道を急いだ。

とりあえず、傭兵団《ようへいだん》の放浪バスがある宿泊施設《しゅくはくしせつ》を目指す。ニーナはレイフォンのまっすぐな歩みに気を呑《の》まれて、なにも言わずに後を追いかけてきた。

「レイフォン……」

だが、そこまで行く必要はなかった。喜びに沸《わ》くツェルニの武芸者たちを背《せ》に歩いていると、その先にフェリの姿《すがた》が見えたのだ。

「その怪我《けが》は……」

フェリが駆《か》けより、レイフォンの左腕を見て固まった。

レイフォンは笑みを作った。腕を上げるまでできれば上等だったのだが、さすがにそれはできなかった。

「なんともないですよ」

そんなはずがないことは戦闘衣《せんとうい》を汚《よご》す血の量でわかってしまう。

「あなたは、馬鹿です」

フェリが傷口を見つめたままそう言った。

「フェリ先輩……」

「もっと楽に戦えるじゃないですか？　それなのに、どうして……」

フェリの肩《かた》が震《ふる》える。泣いているのか？　それとも誘拐《ゆうかい》されたショックがいまになって彼女を襲《おそ》っているのか。

そのフェリは、内心で後悔《こうかい》していた。レイフォンが助けに来てくれるだろうか。そう考えていたことをだ。助けに来てくれた結果として、レイフォンはこんなにも難《むずか》しい戦いをしなければならなかったのだ。

思ったからこうなったわけではない。理屈《りくつ》ではわかっていても、自分の責任《せきにん》だと感じることは止《や》められない。

レイフォンはフェリの肩に動く右手を乗せた。

「もう大丈夫ですから」

フェリが顔を上げる。レイフォンはもう一度笑ってみせた。

やはり、血が足りないのだろう。レイフォンは集中力を欠いていた。

だから、フェリの背後にいた女性《じょせい》の姿に気づかなかった。

そして、その女性がフェリの横を抜けレイフォンの頬《ほお》を叩《たた》いたのにも反応《はんのう》できなかった。

唖然《あぜん》とした空気がフェリと、言葉もなくレイフォンの後ろに立っていたニーナに流れた。

フェリはともかくニーナもまた動くことができなかったのだ。

驚《おどろ》きで、いや、こんなにも早くニーナがもしかしたらと感じていたことが、現実《げんじつ》の答えとして現《あらわ》れると思っていなかった。虚《きょ》を突《つ》かれたのだ。

頬に走る軽い痺《しび》れに、レイフォンは茫然《ぼうぜん》となって目の前に立っている女性を見た。

「リーリン……？」

ここにいるはずのない女性《ひと》がいる。レイフォンの幼馴染《おさななじみ》で、同じ孤児院《こじいん》で育った姉弟《きょうだい》のような関係で、家族で、グレンダンにいるはずの女性がここにいる。

その事実がレイフォンの中の現実とうまく噛《か》み合わなかった。

「どうして……」

なんとかそう呟《つぶや》いたレイフォンに、リーリンは矢継《やつ》ぎ早に言葉を重ねた。怒《いか》りに顔を朱《しゅ》に染《そ》めて、怒りの言葉を吐《は》いた。

「どうしてあなたは他人《ひと》に心配ばっかりかけさせるの！　どうしてそんな風に我慢《がまん》ばっかりするの！　直ってない。全然直ってない！　そうやって、一人で何でもかんでも抱《かか》え込《こ》んで、誰《だれ》が幸せになったのか、言ってみなさい！」

叩いた手を押さえて、リーリンは怒鳴《どな》った。怒鳴り続けた。フェリとニーナが茫然としている中で周りのすべての静寂《せいじゃく》を無視《むし》して怒鳴りまくった。

「わたしに……心配、させないでよ」

言葉を重ね、言葉の限《かぎ》りを尽《つ》くして怒鳴り続けたリーリンは、最後に言葉を詰《つ》まらせた。

「本当に、リーリン？」

そのことは、もう否定《ひてい》しようもないほどに事実となってレイフォンの目の前にある。

「本当に……」

レイフォンも言葉をなくした。

リーリンの目からは大粒《おおつぶ》の涙《なみだ》が溢《あふ》れ、レイフォンの襟《えり》を掴《つか》んで頭を預《あず》けてくる。その体が震え始めた。

「リーリン」

その背に右手を置く。その感触《かんしょく》も嘘《うそ》ではない。

自分の心がどうなったのか……それを理解《りかい》するよりも早く、頬を熱いものが流れていった。

あとがき

雉《きじ》も鳴かずば撃《う》たれまい、雨木シュウスケです。

今回は七ページ、わりと良心的な枚数ですね。ですよね？

あとがきのネタとか……わりと困りますよね。ええ、七枚は良心的なのかもしれないけどいきなり困ってます。無駄《むだ》なライブ感覚で行数を稼《かせ》ごう作戦をいきなり展開してしまいそうです。してるんですけどね。

なんでだろうなぁ？　原稿《げんこう》書いてる時とかは、「あ、これあとがきのネタになるんじゃね？」とか思ってるはずなんですが、なぜか今はきれいさっぱり見事なほどに忘れてます。だいたいこういう時は、もうどうしようもない、手遅《ておく》れやっちゅうねんっていう時に思い出したりするんですよね。雨木の人生ではわりと良くあることなんで、開き直っていきましょう。

『ゲームのお話』

どんなに忙《いそが》しくてもゲームはやる。これはポリシーです。というか、性《さが》ですね。

富士見編集部との外交情勢が同盟《どうめい》から友好に変わりました。（※アナウンス）

なぜならば、あれは思い出すこと○○年前、小学校の夏休み前の終業式（たぶん）で校長先生（教頭先生だったかも）は仰《おっしゃ》ったのです。

「君たちは勉強しないといけない。だけど遊びたいだろう？　なら遊びなさい。遊びたいと思いながら勉強しても身にならない。思う存分に遊んだ後に勉強しなさい」

と。

こう言われたら仕方ないでしょう。（責任転嫁《てんか》率《りつ》四〇〇％突破）

まず、遊ばないといけないわけです。だから遊びます。ゲームします。

富士見編集部との外交情勢が友好から中立に変わりました。（※アナウンス）

で、いまはまぁ、某《ぼう》戦国時代オンラインゲームをやってるわけですが。なにげに三年目くらいになってますねぇ。１ｓｔは術忍《じゅつにん》です。昔は不人気な特化だったのですが、気付くとボス戦の人気サポート職《しょく》になってました。摩訶不思議《まかふしぎ》。おかげで野良徒党《のらととう》ではボス戦のお誘《さそ》いはよく受けます。サポート装備《そうび》が不満足な出来なので、ほとんど断りますが。普通の狩《か》りで誘われたかとですよ。

まぁ、断れる理由はほぼ毎日狩りに誘《さそ》ってくれる知人たちがいるからですけどね。みなさん社会人ぽいので長時間かかる狩りには行きませんし、それがいい感じです。

合戦には、最近はあんまり行かないなぁ。ちょっと前なら合戦が始まればほぼ毎日顔を出して武将に挑戦してみたりとか……

富士見編集部との外交情勢が中立から敵視《てきし》に変わりました。（※アナウンス）

そんな時間が昔はあった！

こう書いとけば、とりあえず編集さんたちの敵意は下げられると思います。（効果不明）

『怪談《かいだん》かいだ～ん』

五巻から始めた怪談募集《ぼしゅう》ですが、七巻目にしてちと頓挫《とんざ》気味。いや、送ってくださった方はいたのです。ありがとうございます。本当に。ただ、残念ながら雨木の琴線《きんせん》にひっかからなかった。

しかし、意外に集まらないもんですな。怪談好きって人は少ないのですかねぇ？まぁ、怪談好きって人は少ないのですかねぇ？　まぁ、怪談話の導入でよくある、数人でくっちゃべってたらいつのまにか怪談話をし始めていた、なんていうシチュエーションにいままで出会ったことないのですから、少ないのかもしれません。

だがしかーし、こんなことでは諦《あきら》めません。

考えました。どうやったら怪談が集まるのか。そもそもジャンル違いのここで集めるのが間違ってるとか、おとなしく怪談本作る企画に混《ま》ざればいいやんとか、そんな言葉は聞きたくないので考えた。そして気づいたのです。

雨木うっかり間違えた。勘違《かんちが》いしてた。

エンターテイナーとはちょっと違うかもしれないけれど、お金をもらって人を喜ばすことを職業にしている人間が、無報酬《むほうしゅう》で人に話を求めるのが間違っていると。

と、いうわけで賞品《しょうひん》を出そうと思います。

募集期間は二〇〇八年の七月までとしましょう。それまでの間に雨木に届いた怪談で面《おも》白《しろ》いと思ったものは、期間中に発売されるレギオスのあとがきで発表していきます。

その後、二〇〇八年の秋以降の巻で優秀な物を発表し、賞品をお贈《おく》りしたいと思います。

で、その賞品ですが。

●最優秀賞（一名）レギオス絵葉書《えはがき》セット。

富士見書房のサイトでやっていた企画（レギオス・マシンガン・キャンペーン）で、レギオス各キャラの絵葉書が届いた方がいらっしゃると思います。で、雨木の手元には見本としてそれが届けられているわけで、それの無記入状態のものをセットでお送りいたします。えー、フェリ版が雨木の周りでは好評でしたよ。

●優秀賞（三名）水木しげる妖怪《ようかい》切手（限定物）（仮）

いきなり（仮）かよ!? しかもレギオス関係ないし！ って感じですが、この夏、雨木は境港《さかいみなと》にこれをゲットする目的で行きました。ええ、あとがきのネタをいまさら思い出したわけですね。水木ロードの各所にある妖怪像《ぞう》の『贈』のプレートに知っている方のお名前が刻まれていたりしてびっくりしました。

●佳作（五名）『鋼殻のレギオス』雨木シュウスケサイン本

巻数は不問でお願いします。それと、雨木以外のサインについてはこの段階では全くの未定です。

えー……こんな賞品でどうでしょうか？（揉《も》み手で）

とりあえず、優秀賞は変更《へんこう》の可能性ありです。レギオスグッズでいいものが出てきたらそれにすり替《か》わるかも。後、六巻までに送ってくださった方たちも対象《たいしょう》に入っています。

ミクシィのメッセージでくれる方は賞が確定した後でいいので住所を教えてください。

これで集まらなかったら黒歴史確定ＤＥＡＴＨね☆

『次巻のお話』

次、ですが十二月に単行本『レジェンド・オブ・レギオスII　イグナシス覚醒』と、三月にドラマガで連載したものをまとめて手を加えた文庫が出ます。書き下ろし短編もつくよ。

あと、ドラマガでは来年度、連載の企画をいただいています。頑張ってみたいと思っていますので、応援よろしくお願いします。

そして、恒例の次巻予告は先送りさせていただきます。

え～じゃあ、書き下ろし短編の予告。

まだ決まっていない！

本命、誰かの過去話。対抗、本篇《ほんぺん》にはまるで絡《から》まないアクション物。大穴、女王、がんばる。超大穴、それ以外のなにか。

本当に決まっていないことがもろばれな感じで締《し》めます。

忙しくても最高の絵を付けてくださる深遊様、その他関係者の方々、読者の皆様に感謝を。

雨木シュウスケ

富士見ファンタジア文庫

鋼殻《こうかく》のレギオス7

ホワイト・オペラ

平成19年10月25日　初版発行
平成20年12月25日　十版発行

著者――雨木《あまぎ》シュウスケ《しゅうすけ》

発行者――山下直久

発行所――富士見書房
〒102-8144
東京都千代田区富士見1-12-14
http://www.fujimishobo.co.jp
電話　営業　03(3238)8702
　　　編集　03(3238)8585

印刷所――旭印刷
製本所――本間製本

ISBN978-4-8291-1967-9 C0193

第19回「量産型はダテじゃない!」
柳実冬貴&銃爺
大賞賞金300万円にパワーアップ!
ファンタジア大賞
作品募集中!
気合いと根性で送るでござる!
きみにしか書けない「物語」で、今までにないドキドキを「読者」へ。
新しい地平の向こうへ挑戦していく、勇気ある才能をファンタジアは待っています!
大賞 正賞の盾ならびに副賞の300万円
金賞 正賞の賞状ならびに副賞の50万円
銀賞 正賞の賞状ならびに副賞の30万円
読者賞 正賞の賞状ならびに副賞の20万円
詳しくはドラゴンマガジン、弊社HPをチェック!
(電話でのお問い合わせはご遠慮ください)
http://www.fujimishobo.co.jp/
第18回「黄昏色の詠使い」
細音啓&竹岡美穂
第17回「七人の武器屋」
大楽絢太&今野隼史